사춘기를 위한

관점 수업

사춘기를 위한
관점 수업

생각을 춤추게 하는 동서양 고전 24

이은애 지음

생각
학교

생각을 춤추게 하는
나만의 관점 찾기

어른들은 청소년들이 아직 어려서 세상에 대해 아무것도 모른다고 말합니다. 그런데 어찌된 일일까요. 제가 만난 청소년들은 이미 세상의 많은 문제에 대해 '정답'을 알고 있었습니다. 아이들은 무엇이 옳은지 판단할 여유도 갖지 못한 채 어른들이 정해 놓은 삶을 받아들였습니다. 내가 무엇을 하고 싶은지를 알아보기도 전에 공부만이 살길이라고 세뇌당합니다.

어른들이 원하는 정답을 알아버린 청소년들은 더 이상 생각하지 않습니다. 어른들이 하는 말을 나의 생각이라고 착각하거나, 그것을 유일한 정답으로 받아들여 버립니다. 요즘 청소년들은 남들의 생각으로 나의 인생을 살아가면서, 나만의 길, 나만의 생

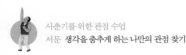

각, 나만의 관점은 놓쳐 버리고 있는지도 모릅니다.

해결하지 못한 고민을 품은 청소년들은 그 고민을 잠재워 버리거나, 세상을 향해서 화내거나, 적응해 버리거나, 또는 적응하는 척하며 살고 있습니다. 하지만 내 안에 잠들어 있을 것이라고 믿었던 고민들은 불쑥불쑥 깨어 나와 우리들을 괴롭힙니다. 때로는 억울하기도 하고, 때로는 헷갈리기도 합니다. 이게 아니다 싶기도 하지만 뭐가 맞는 것인지 생각할 여유는 없습니다.

이 책은 제가 만나온 청소년들의 고민을 듣고, 같이 생각하고, 공감하려는 노력에서 시작되었습니다. 사랑과 우정에서부터 돈과 가족, 그리고 공부, 진로까지…… 청소년들의 머릿속에서 떠나지 않는 고민 열두 가지와 그에 대한 스물네 권의 책에 대해 이야기해 보려고 합니다. 문학과 인문사회학의 고전인 스물네 권의 책 속에는, 우리보다 조금 앞서서, 우리보다 조금 더 깊게, 우리와 비슷한 고민을 겪었던 사람들의 생각이 담겨 있습니다.

이 스물네 권의 책 속에 정답이 있을까요? 애석하게도 제가 소개한 책들은 그 답을 직접 말해주진 않습니다. 다만, 이 책들은 여러분이 정답이라 여기는 것들을 의심하게 합니다. 그리고 강요받은 생각을 자신의 생각이라 착각하여 인생을 낭비하지 않도록 지금부터 자신만의 정답을 찾아갈 수 있는 길을 알려줍니다. 바로 '나만의 관점'을 만드는 일입니다.

우리는 살아가면서 크고 작은 선택을 합니다. 그리고 이 선택들이 모여 삶이 결정됩니다. 선택을 할 때 기준이 되는 것이 바로 '관점'입니다. 우리가 어떤 관점으로 세상을 보느냐에 따라 생각이 달라지고, 선택이 달라집니다. 대학에서 무슨 과를 전공할지부터 용돈으로 옷을 살지 책을 살지까지, 모두 우리의 관점에 따라 결정됩니다. 결국 내가 어떤 관점을 가지고 있느냐에 따라 나에게 맞는 삶의 정답도 달라지겠죠. 그래서 삶에서 관점이 중요합니다.

이 책은 여러분이 삶에 대한 관점을 세우는 데 중요한 열두 가지 질문과 스물네 권의 책을 담았습니다. 이 열두 가지 질문에 스스로의 답을 찾아가다보면 자신만의 생각을, 자신만의 관점을 찾게 될 것입니다.

《지상의 양식》의 저자, 앙드레 지드는 "알려는 욕망은 의혹에서 나오니, 믿는 것을 그치고 앎을 얻도록 하라"고 했습니다. 지금 내가 옳다고 믿는 것이 정말 옳은 것일까요? 그리고 그것이 나의 생각이 맞을까요? 나의 인생이 궁금하다면, 내 고민의 해답이 궁금하다면 우선 지금 알고 있는 것들을 의심해 볼 일입니다. 어른들이 말해준 살아가는 방법, 세상이 강요하는 성공의 비법, 무슨 뜻인지 알기도 전에 외워버린 인생의 정답 따위는 잊어버려도 좋습니다.

매일 같은 곳으로 학교를 다녔다면 조금은 새로운 길에 도전해 보세요. 그러면 학교에 도착하는 최단거리의 길을 찾을 수도 있고, 가장 아름다운 길, 가장 더러운 길, 제일 혼잡한 길, 강아지가 많은 길을 찾을 수도 있습니다. 우리 집에서부터 학교까지 가는 길이 하나만 있는 것이 아니라는 걸 알게 될 것입니다. 그리고 내가 가장 좋아하는 길이 무엇인지 발견하게 될 것입니다.

스물네 권의 고전은 더 많은 길을 찾아가 보라고 속삭입니다. 그 길들을 찾으며 우리는 새롭게 생각하는 법을 알게 될 것입니다. 하지만 그 과정이 쉽지는 않습니다. 어떤 것이 옳은 것인지, 무엇이 나에게 맞는 길인지 앞으로도 오랫동안 고민하게 되겠지요. 하지만 우리만의 정답을 찾아가는 그 길이 우리를 가장 행복하게 해주는 길이 될 것입니다.

끝으로 이 책에 등장하는 청소년들의 이름을 빌려준 서울동대문경찰서 여성청소년과 직원들에게 감사의 마음을 전합니다.

1장

삶의 방향을 생각하는 시간

《꽃들에게 희망을》 : 트리나 폴러스 & 《월든》 : 헨리 데이비드 소로

뉴발을 아세요?

"꿈이요? 그게 뭔데요? 먹는 거예요?"

아이들에게 "너는 꿈이 뭐니?"라고 물으니 피식 웃습니다. 제가 만난 대부분의 아이들이 꿈은 고사하고 '하고 싶은 것'도 없다고 합니다. 자기가 뭘 좋아하는지 모르겠다는 친구도 있고, 그런 건 아예 생각조차 해보지 않았다는 친구도 있었습니다.

홍엽이는 동대문경찰서에서 운영하는 청소년야구단 단원입니다. 화목한 가정과 중간 정도 되는 성적, 친구들과 어울려 소프트볼을 하는 것이 취미인 평범한 중학교 3학년 학생입니다. 학교에 학원에, 숙제까지 하느라 늘 잠이 모자란다면서도 주말 야구 연습은 빠지지 않습니다. 피곤하지 않냐 하니 무덤덤하게 대답합니다.

"어쩌겠어요. 그래도 대학 가려면 공부해야지요."
"홍엽이는 하고 싶은 게 있어?"
"그런 건 없고, 좋은 대학 가서 좋은 직장 갖는 거요?"
"어? 그럼 요즘 제일 관심 있는 건 뭐야?"
"흠…… 뉴발이요."
"뉴발?"
"뉴발란스 신발이요. 다음번 시험 잘 보면 엄마가 사주신데요."

홍엽이는 눈을 반짝이며 신발에 대해 설명을 합니다. 여러분도 홍엽이와 비슷하죠? 공부를 하지 않으면 인생의 낙오자가 될 것 같은 불안감으로 책상 앞에 앉아 있습니다. 하지만 특별히 하고 싶은 것도 없고 관심 있는 것도 없습니다. 대학진학을 위해 공부를 하고 있지만, 그것이 나의 목표인지 엄마의 소원인지 잘 구분이 안 됩니다.

왜 우리들은 사고 싶은 신발에 대해서는 정확히 알면서 자신이 어떻게 살고 싶은지, 뭘 하고 싶은지, 진정 원하는 것은 무엇인지에 대해서는 깊은 생각을 하지 않을까요? 물론 저 역시 청소년기에는 이런 질문에 쉽사리 대답하지 못했습니다. 앞으로 어떻게 살 것인지보다는 다음 시험 성적에 대한 고민이 더 무거웠으니까요.

그런데 내가 뭘 원하는지는 모르지만 남들이 목표하는 대로 따라 살면 성공한 삶이 될까요? 트리나 폴러스(Trina Paulus)의 짧은 소설 《꽃들에게 희망을》에도 우리와 같이 주어진 삶을 그대로 살아가는 애벌레들이 등장합니다. 오직 소설의 두 주인공, 노랑애벌레와 줄무늬애벌레만이 스스로 진정 원하는 것이 무엇인지 고민하고, 찾기 위해 노력하고, 좌절하기도 하면서 절망과 희망을 경험합니다.

어느 줄무늬애벌레의 절규

●

아늑한 알을 깨고 줄무늬애벌레 한 마리가 세상으로 나옵니다.

배가 고파진 그는 주변의 나뭇잎을 차례로 갉아 먹었습니다. 줄무늬애벌레는 무럭무럭 자랐습니다. "그저 먹고 자라기만 하는 건 따분해. 다른 중요한 무엇인가가 있을 거야!" 문득 이런 생각을 하게 된 줄무늬애벌레는 중요한 것을 찾기 위한 여행을 시작합니다.

그러던 어느 날, 어디론가 바쁘게 기어가는 애벌레들을 만나게 됩니다. 그들을 따라간 곳에는 수많은 애벌레들이 꿈틀거리며 서로 밀고 올라가려고 애쓰는 기둥이 있었습니다. 그 꼭대기는 구름에 가려 있어서 뭐가 있는지 알 수가 없었지만, 이토록 많은 애벌레들이 올라가기 위해서 애쓰는 것을 보면 무엇인가 중요한 것이 있을 것 같았습니다. 줄무늬애벌레는 다른 애벌레들에게 물어봤지만 답을 얻을 수 없었습니다.

"저 애들이 지금 무얼 하고 있는지 아니?"

"나도 방금 도착했어. 아무도 설명해줄 시간이 없나봐. 다들 저 꼭대기로 올라가려고 애쓰느라 바쁘거든."

"저 꼭대기에 뭐가 있는데?"

"그건 아무도 몰라. 하지만 모두 저기에 가려고 서두르는 보면 아주 멋진 곳인가봐. 나도 빨리 가봐야겠어!"

——《꽃들에게 희망을》

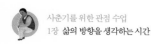

"그래, 어쩌면 내가 찾으려는 것이 저곳에 있을지도 몰라." 줄무늬애벌레는 다른 애벌레들을 따라 기둥에 오르기 시작합니다. 그곳에 있는 모든 애벌레의 목적은 단 한 가지뿐이었습니다. "꼭대기로 가자!" 밟고 올라가느냐 발밑에 깔리느냐, 애벌레들은 상대를 디딤돌 삼아야만 위로 올라갈 수 있었습니다.

그 치열함 속에서 줄무늬애벌레는 기적과 같이 노랑애벌레를 만납니다. 둘은 사랑에 빠졌고, 이 끔찍한 경쟁에서 내려와 다정하고 평화로운 시간을 보냈습니다. 그러나 시간이 지나도 꼭대기에 대한 동경은 줄무늬애벌레를 놓아주지 않았습니다. 결국 그는 사랑하는 노랑애벌레를 떠나 다시 기둥을 오릅니다.

그는 더욱 힘차고, 더욱 야멸차게 다른 애벌레를 밟고 올라갔습니다. 다른 애벌레와 눈이 마주치지 않게 피하면서 그들의 머리를 밟고 위로만 위로만 올라갔습니다. '삶이란 원래 험난한 거야. 독하게 마음먹지 않으면 살아남을 수 없어.' 수없이 자신을 채찍질하였습니다. 사랑하는 이를 떠나보내고 수많은 동료들을 짓밟고 드디어 꼭대기에 올라섰습니다.

하지만 그곳에는 아무것도 없었습니다. 줄무늬애벌레 눈에 들어온 것은 그가 기어오른 기둥과 똑같은, 서로가 위로 올라가려고 애쓰는 애벌레 기둥들뿐이었습니다. 그때서야 줄무늬애벌레는 그토록 고생해서 올라온 기둥이 수천 개의 다른 기둥들 가운데 하나였다는 사실을 깨닫습니다. 자신이 그토록 힘들게 올라온 그 기둥은 자신과 똑같은 욕망을 가진 애벌레들이 엉키고 섞여서 만들어 놓은 애벌레 덩어리였을 뿐입니다.

"이곳에는 아무것도 없잖아."
"조용히 해, 이 바보야! 밑에 있는 놈들이 다 듣겠어. 우린 지금 저들이 올라오고 싶어 하는 곳에 와 있단 말이야. 여기가 바로 거기야!" 줄무늬애벌레는 몸이 오싹해지는 것을 느꼈습니다. 그렇게 높은 곳에 있는데도, 이곳은 전혀 고귀한 자리가 아니었습니다. 밑바닥에서 볼 때만 대단해 보였던 것입니다.

——《꽃들에게 희망을》

우리는 어릴 때부터 "열심히 해"라는 말을 참 많이 들었습니다. 어른들은 열심히 하면 다 잘 된다고 합니다. 그래서 공부도 열심히 하고, 학원도 열심히 다니고, 운동도 열심히, 놀기도 열심히, 뭐든지 열심히 합니다. 그런데 우리는 '무엇을 위해' 열심히 살아야 하는 걸까요? 꼭대기에 뭐가 있는지도 모른 채 그저 열심히 기둥을 올라가는 애벌레와 뭘 하고 싶은지는 모른 채 일단 대학은 가자고 공부하는 우리들, 어쩐지 서로 닮았습니다. 어른들은 왜 '무엇을 위해' 열심히 살아야 하는지 말해주지 않을까요?

아무도 그 대답을 모르기 때문이 아닐까요?

공부 천재가 월든에 들어간 이유는?

●

1845년 7월 4일, 미국의 독립기념일. 다른 이들은 미국의 독립을 축하할 때 28살의 청년 헨리 데이비드 소로(Henry David Thoreau)는 개인적인 독립을 선언하고 조용하고 아름다운 호수 월든으로 들어갑니다.

그는 은행에 빚을 내 집을 사는 대신 28달러를 들여 직접 월든 호숫가에 통나무집을 지었습니다. 온갖 양념이 들어간 기름진 음식 대신 자신이 기른 곡물과 숲에서 나는 과일을 먹었습니다. 정원을 가꾸는 대신 숲을 정원으로 삼았습니다.

하버드 대학을 졸업한 전도유망한 청년이었던 소로. 하지만 그는 평생 동안 전도유망한 직업은 단 한 번도 갖지 않았습니다. 그에게 집과 재산, 사치품과 기름진 음식은 인간을 노동의 노예로 만드는 불필요한 것에 불과했기 때문입니다. 그는 남들이 말하는 대로, 세상이 시키는 대로 사는 것을 거부하고 자신의 삶을 스스로 선택하고자 했습니다. 그래서 돈을 벌기 위해 열심히 일하는 대신 소박하고 가난하지만 자유로운 삶을 살고자 월든으로 들어간 것입니다.

> 내가 숲속으로 들어간 것은 인생을 의도적으로 살아보기 위
> 해서였다. 다시 말해서 인생의 본질적인 사실들만을 직면해
> 보려는 것이었으며, 인생이 가르치는 바를 내가 배울 수 있
> 는지 알아보고자 했던 것이며, 그리하여 마침내 죽음을 맞이
> 했을 때 내가 헛된 삶을 살았구나 하고 깨닫는 일이 없도록
> 하기 위해서였다. 나는 삶이 아닌 것은 살지 않으려고 했으
> 니, 삶은 그처럼 소중한 것이다.
>
> ──《월든》

소로가 월든 호숫가 근처에 손수 집을 짓고, 스스로 먹을 양식을 기르면서 '넓은 여백'이 있는 인생을 즐기며 보낸 2년 2개월 간의 숲속 생활을 기록한 책이《월든》입니다. 돈과 물질만이 중요시되는 인간의 삶에 대해서는 냉철하게 비판하지만, 숲속의 나무와 동물들에 대해서는 한없는 애정을 담았습니다.

늘 글을 썼지만 소로가 살아 있는 동안 출간된 책은 단 두 권뿐이었습니다. 그마저도 첫 책은 1000권 중에서 700권이 반품되었다고 하니 소로의 인생은 남들이 보기에 그리 성공한 것은 아니었을지도 모릅니다. 그러나 소로의 삶에 대한 철학과 원칙을 담은《월든》은 후에 간디의 불복종운동, 마틴 루터 킹의 흑인민

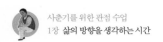

권운동, 그리고 미국의 반전운동에 큰 영향을 주었고, 지금까지 생태환경운동의 가장 중요한 책으로 평가받고 있습니다.

'간소하게 살라!'

●

소로는 숲속 생활을 하면서 1년에 딱 6주 동안만 일을 했습니다. 생활하는 데 필요한 것을 얻기에 이 정도만 일해도 충분했습니다. 소로는 사람들이 너무 많은 것을 먹고, 불필요한 것들을 소유하며, 목적 없는 노동에 시달리고 있다고 생각했습니다. 꼭 필요한 물건도 아닌 것을 구입하려고 자신에게 혹독한 채찍질을 가한다고 비판했습니다.

그리스로마 신화에 나오는 헤라클레스를 아나요? 헤라클레스는 자신의 죄값을 치르기 위해 열두 가지의 과제를 해결해야 했습니다. 소로는 열두 가지 고난을 겪어야 하는 헤라클레스보다 극심한 노동에 시달리는 인간들이 더 가혹한 인생이라 말합니다. 헤라클레스는 열두 가지 과제를 완성한 후 불멸의 생을 얻었지만, 인간들은 평생 동안 고행을 계속하면서도 그 무엇도 얻지 못하기 때문이죠.

'배가 고프기도 전에 굶어 죽을 각오'로 일하면서 집을 소유하려고 노력하지만, 정작 집을 마련했을 때는 그 전보다 더 가난해질 뿐입니다. 병든 날을 대비하여 악착같이 돈을 모으려고 하지만 정작 너무 무리하는 바람에 끝내 병이 들고 맙니다.

《이방인》의 작가, 알베르 카뮈(Albert Camus) 역시 "노동을 하지 않으면 삶은 부패한다. 그러나 영혼 없는 노동을 하면 삶은 질식되어 죽어간다"라고 말했습니다. 소로는 영혼 없는 과도한 노동으로 스스로를 파괴해 가는 현대인에게 '간소하게, 간소하게, 간소하게 살라!'라고 조언합니다. 진정 자신이 원하는 것이 무엇인지 생각해 보지도 않은 채 평생을 노동과 걱정에 시달리지 말라고요.

왜 우리는 성공하려고 그처럼 필사적으로 서두르며, 그처럼 무모하게 일하는 것일까? 어떤 사람이 자기의 또래들과 보조를 맞추지 않는다면, 그것은 아마 그가 그들과는 다른 고수(鼓手)의 북소리를 듣고 있기 때문일 것이다. 그 사람으로 하여금 자신이 듣는 음악에 맞추어 걸어가도록 내버려두라. 그 북소리의 음률이 어떻든, 또 그 소리가 얼마나 먼 곳에서 들리든 말이다. 그가 꼭 사과나무나 떡갈나무와 같은 속도로 성숙해야 한다는 법칙은 없다.

——《월든》

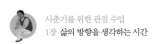

소로는 노동을 직업으로 삼지 않고 하나의 즐거움으로 맞이했습니다. 자연을 사랑하고 자연 속에 살지만 그 자연을 소유하려고 하지 않았습니다. 소로가 진정 소중하게 여기는 것은 '얽매임 없는 자유'입니다. 《작은 것이 아름답다》의 저자 슈마허(Ernest Friedrich Schumacher)는 인간이 노동을 하는 이유는 생계를 유지하기 위함도 있지만, 또 한편 자유로운 존재가 되기 위함이라고 했습니다. 자유로운 인간이 되기 위해서는 노동에 얽매이지 말고 노동 자체에서 즐거움을 느껴야 한다고 말합니다. 슈마허는 아무 의미도 없는 치열한 경쟁에 뛰어들어 권태롭고 추악하게 사는 것은 '바보나 로봇, 통근자'로 전락할 뿐이라고 경고합니다. 대신 자신의 일을 하면서 소박하고, 그리고 사람들과의 진정한 소통을 이루면서 자연과 사람을 아끼는 일을 하라고 충고합니다.

소로는 필요한 만큼만 일한 후 남은 모든 시간 동안 사색과 명상, 독서와 공상을 하면서 자연의 일부로 살았습니다. 허름한 그의 통나무집에는 숲속의 새들이 들어와 이웃이 되어주었습니다. 시시각각 바뀌는 호수의 색깔은 소로에게 한없는 자연의 신비로움을 선물했습니다. 추운 겨울날 월든 호수가 얼어가는 모습을 지켜보며 즐거움을 느꼈고, 봄이 오는 첫 징조를 맞이하는 기쁨을 누렸습니다. 떨어지는 빗소리를 들으면서 자신을 둘러싸고 있는 모든 자연의 자애로운 우정을 확인하기도 했습니다.

월든 호숫가의 숲속에서 소로는 비로소 광대한 우주에 살고 있는 하나의 생명체로서, 생각과 명상만으로 한없는 자유를 느낄 수 있는 한 명의 인간으로서, 오로지 나무, 호수, 새들로 둘러싸인 자연의 일부분으로서 우주의 법칙에 한 걸음 다가가고 있음을 느낍니다.

> 사람이 자기의 꿈의 방향으로 자신 있게 나아가며, 자기가 그리던 바의 생활을 하려고 노력한다면, 그는 보통 때는 생각지도 못한 성공을 맞게 될 것이다. 새롭고 보편적이며 보다 자유스러운 법칙이 그의 주변과 그의 내부에 확립되기 시작할 것이다. 그가 자신의 생활을 소박한 것으로 만들면 만들수록 우주의 법칙은 더욱 더 명료해질 것이다. 이제 고독은 고독이 아니고 빈곤도 빈곤이 아니며, 연약함도 연약함이 아닐 것이다.
>
> ──《월든》

나의 삶을 산다는 것

●

사랑하는 연인을 떠나보내고 수많은 친구를 밟고 꼭대기에 올

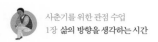

라간 줄무늬애벌레는 결국 아무것도 얻지 못한 채 지나온 날들을 후회합니다. 그때 줄무늬애벌레는 기둥 주위를 자유롭게 날아다니는 눈부신 노란 날개를 가진 생명체를 보게 됩니다. 바로 줄무늬애벌레가 사랑했던 노랑애벌레였습니다. 노랑애벌레는 자신의 몸에서 실을 뽑아내어 고치를 만들고, 죽음 같은 시간을 견디며 간절히 나비가 되기를 기원했던 것입니다. 줄무늬애벌레는 그제야 기둥을 오르는 다른 방법이 있음을 깨닫습니다. 꼭대기에 오르려면 기어오르는게 아니라 날아올라야 하는 것이었습니다.

"우리는 날 수 있어! 우리는 나비가 될 수 있어! 꼭대기에는 아무것도 없어."

——《꽃들에게 희망을》

여러분은 성공한 인생이라 하면 무엇이 떠오르나요? 더 좋은 대학과 직장, 더 좋은 집과 차, 더 높은 직급과 연봉, 대부분의 사람들이 이런 것을 성공이라 생각합니다. 그래서 좋은 시험 성적을 위해서 책 읽을 시간도 없고, 내가 성공하기 위해서는 친구들을 이겨야 한다고 생각합니다. 자신이 진정 무엇을 원하는지 고민하지 않은 채 부모님과 선생님과 그리고 사회가 원하는 대로 살고 있습니다. 우리는 기둥 위에 뭐가 있는지도 모르고 애벌레 떼를 따라서 기둥을 오르기 시작한 줄무늬애벌레일지도 모릅니다.

그런데 꼭대기에 오르는 방법이 또 있었습니다. 남을 짓밟고 기어오르는 대신 나비가 되어 날아오르는 것입니다. 나는 방법을 알아낸 노랑애벌레와 안정적인 직장을 포기하고 스스로 숲으로 들어간 소로, 둘은 세상 사람들이 알려준 '살아가는 방법'을 던져 버립니다. 내가 무엇을 원하는지 묻고, 어떻게 하면 내가 원하는 것을 얻을 수 있는지 고민합니다. 그리고 자신만의 삶의 방식을 선택했습니다.

물론 그것은 그냥 얻어진 것은 아닙니다. 노랑애벌레는 나비가 되기 위해 현재의 삶을 스스로 파괴하는 용기와 새로운 삶을 만들기 위한 인내가 필요했습니다. 소로는 자신의 가치를 지키기 위해 때때로 사회로부터 스스로를 고립시키기도 하고, 정부에 대항하기도 했으며, 사람들과 대화하고 글을 썼습니다.

노랑애벌레와 소로는 인생의 성공을 위해서는 아무런 목적 없이 열심히 사는 것보다 어떻게, 무엇을 위해 살 것인지 고민해야 한다고 말합니다. 모든 사람들이 그렇게 살고 있기 때문에 자신도 선택의 여지가 없다고 믿지만, 사실 우리가 알고 있는 정답은 단지 오랫동안 사람들이 살아왔던 습관일 뿐 불변의 진리가 아닙니다. 소로는 미래의 모습을 생각할 때 한계를 짓지 말라고 조

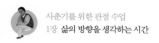

언합니다. 우리가 생각하는 것보다 우리는 더 많은 가능성을 가지고 있다고요.

> 우리는 너무나도 철저하게 현재의 생활을 신봉하고 살면서 변화의 가능성을 부인하고 있다. "이 길밖에는 다른 도리가 없어" 하고 우리는 말한다. 그러나 원의 중심에서 몇 개라도 반경을 그을 수 있듯이 길은 얼마든지 있다. 생각해보면 모든 변화는 기적이라고 할 수 있으며, 그 기적은 시시각각 일어나고 있다.
>
> ──《월든》

질문하고, 생각하고, 선택하라

●

설마 소로의 삶의 방식을 배우라고 하니 소로처럼 숲에 들어가 살겠다는 사람은 없겠죠? 스스로의 삶을 선택하라는 소로의 조언은 자신처럼 숲속에 들어와 나무를 베며 살라는 의미가 아닙니다. 삶의 방법은 단 한 가지 정답이 있는 것이 아니며, 자신이 원하는 인생의 모습은 자신만이 찾아야 한다는 것입니다.

줄무늬애벌레는 위로 오르기 위해서는 단 한 가지 방법만 있을 뿐이라고 믿었습니다. 그러나 노랑애벌레가 다른 방법을 찾아낸 것처럼, 우리는 스스로 생각하는 만큼 삶의 가능성을 확장할 수 있습니다. 내가 원하는 삶의 방식을 찾기 위해 고민하고 실천한다면 그것은 이 우주 속 유일하고 아름다운, 나만의 삶이 될 수 있습니다.

> 나는 결코 남이 내 생활양식을 그대로 따르길 바라지 않는다. 그 까닭은 그 사람이 내 생활양식을 제대로 배우기도 전에 나는 또 다른 생활양식을 찾아낼지 모를 뿐만 아니라 이 세상에 될 수 있는 한 많은 제각기 다른 인간들이 존재해주기를 바라기 때문이다. 나는 각자가 자기 자신의 고유한 길을 조심스럽게 찾아내어 그 길을 갈 것이며, 결코 자기의 아버지나 어머니 또는 이웃의 길을 가지 않도록 당부하고 싶다.
>
> ─《월든》

소로는 우리에게 조금 더 용감해지라고 조용히 속삭여 줍니다. 나의 삶 속의 미래를 생각할 때는 '좀 더 느슨하게, 선을 그어 놓지 말아야' 할 것이며, 현재 나의 삶을 살아 갈 때는 남과 보조를 맞추기 위해 쓸데없이 자신을 낭비하지 말라고 토닥여 줍니다. 삶에서 어떤 가치를 느끼고 싶은지, 자신이 진정 원하는 것은 무엇인지를 고민하고 그 가치를 위한 원칙을 지키며 살아가야 한다고 말합니다.

어떤 삶을 살고 싶은가요? 스스로에게 끊임없이 질문하고 회

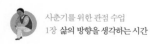

의(懷疑)해보세요. 정답은 없습니다. 스스로 그 정답을 찾아나가야 합니다. 계속 질문하고, 오랫동안 생각하고, 용기 있게 선택해야 합니다. 《꽃들에게 희망을》에서 말하듯이 누구나 나비가 될 자질을 가지고 있습니다. 단지 그것을 깨닫지 못할 뿐이죠. 나비가 된 노랑애벌레는 한없는 경쟁과 노동에 지친 줄무늬애벌레에게 말합니다.

"너는 아름다운 나비가 될 수 있을 거야. 우리 모두 널 기다릴게!"

살아야 한다는 것을 기정사실로 인정한다면 우리는 질문을 멈춰서는 안 된다. 어디에서, 어떻게, 무엇으로, 무엇을 위해 살 것인가?

──《스콧 니어링 자서전》

BOOK

《꽃들에게 희망을Hope for the Flowers》

트리나 폴러스Trina Paulus | 시공주니어 | 1999

더 나은 삶,
진정한 혁명을 준비하는 모든 사람들을 위한 책

《꽃들에게 희망을》은 1972년에 출간된 이후 전 세계적으로 수백만 부가 팔렸다. 저자인 트리나 폴러스는 국제여성운동 단체인 그레일(The Grail)의 회원이면서 공동체 농장에서 곡물과 채소를 재배하며 살고 있다. 저자는 "평화롭고 정의로운 세상에서 더 나은 삶을 추구하는 수많은 분들을 위해" 이 책을 썼다고 밝히고 있다. 특히 한국어판 서문에 변화에 맞서고, 흔히 불행하기 쉬운 혁명을 이해하기 위해 애쓰는 위대한 한국인에게 감사하다며 특별한 관심을 나타냈다.

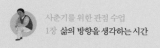

BOOK

《**월든**Walden》

헨리 데이비드 소로 Henry David Thoreau,1817~1862 | 은행나무 | 2011

손이 베일 듯 날카롭고
눈이 부시게 아름다운 월든 호숫가의 이야기

19세기의 미국의 위대한 시인이자 사상가 헨리 데이비드 소로의 대표작이다. 자연과의 조화 속에 검소하고 단순한 삶을 원했던 소로는 아름다운 호숫가 월든으로 들어가 통나무집을 짓고 자급자족하는 삶을 살기로 한다. 현대사회의 배금주의에 대해서는 날카롭게 비판하면서도 자연 속에서 평화를 찾는 그의 모습이 아름다운 언어로 표현되어 있다. 부당한 정부권력에 대한 개인의 저항을 주장한 《시민불복종》은 20세기 마하트마 간디의 인도 독립운동에 큰 영향을 준 것으로 알려져 있다.

| 목표에 대하여 |

더 열심히 찾아보세요!
내가 원하는 것이 무엇인지

앞으로 어떤 삶을 그리고 있나요? 좋은 성적, 좋은 대학, 좋은
직장처럼 어른이나 세상이 말하는 삶의 방식만이 정답은 아
닙니다. 인생에서 정답은 하나만 존재하는 것이 아니니까요.
오히려 삶이란 내가 원하는 삶의 목표를 찾아가는 과정이라
는 말이 더 맞을 것 같네요. 아직 뭘 하고 싶은지 모르겠다고
요? 더 열심히 찾아보세요. 그러기 위해서 더 많은 것을 경험
해야 합니다.

책도 좋고, 영화나 여행도 좋습니다. 새로운 것을 경험하면서
진정 내가 원하는 것은 무엇인지 찾아보세요. 운이 좋다면 금
방 찾아낼 수 있을 거예요. 아마 천생연분을 만난 것처럼 가슴
이 두근두근할걸요? 찾지 못한다 해도 괜찮아요. 찾아가는 과
정 자체가 여러분들의 인생을 지금보다 훨씬 풍요롭고 다채
롭게 해줄 테니까요.

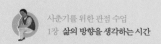

2장

사랑할 줄 아는 능력을
키워야 할 때

—

《어린 왕자》: 앙투안 마리 로제 드 생텍쥐페리 & **《사랑의 기술》**: 에리히 프롬

매일 파출소로 전화하는 할머니

소행성 B-612호에서 온 어린 왕자와 사막에 불시착한 조종사의 이야기를 담은 생텍쥐페리(Antoine Marie Roger de Saint-Exupéry)의 소설 《어린 왕자》는 인간의 외로움에서 시작됩니다. 지구에 왔지만 어딜 가나 모래언덕과 메마른 바람뿐, 친구를 만날 수가 없었습니다. 그런데 어린 왕자만 외로움을 느끼는

것은 아닙니다. 인간이라면 누구나 외로움을 느낍니다. 오죽하면 정호승 시인은 "울지 마라, 외로우니까 사람이다"라며 "살아간다는 것은 외로움을 견디는" 일이라고 했을까요.

　하지만 외로움을 견딘다는 게 쉬운 일은 아닙니다. 예전에 파출소장으로 근무했을 때의 일입니다. 파출소는 112신고가 오면 출동을 하는 곳이죠. 그 외에도 미아나 가출신고부터 지갑을 잃어버렸다는 신고까지 하루 종일 시민들의 신고전화로 바쁜 곳입니다. 파출소에 발령을 받은 지 한 달 정도 지났을 무렵, 당직을 하던 어느 날입니다. 그날 따라 유난히 112신고는 많았고, 직원들은 모두 신고를 받고 출동을 나가 있거나, 술에 취한 사람을 조사하느라 북새통을 이루고 있었습니다. 그때 전화가 한 통 걸려옵니다.

"감사합니다. ○○파출소장 이은애입니다"

"어, 나 ○○동에 사는 김향란이야!"

"네, 할머니, 무슨 일로 전화하셨어요?"

"뉴스보니까 영등포에 불이 났다는데 우리 동네는 괜찮아?"

"네, 우리 동네는 불 안 났어요"

"그래? 다행이여. 근데 아가씨도 경찰이야? 늦게까지 일할라문 힘들겠네⋯⋯."

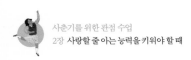

"할머니 저희 지금 바빠요. 신고할 거 없으시면 전화 끊을게요."

　안 그래도 바쁘고 정신없던 밤, 저는 용건도 없는 민원전화에 약간 짜증이 난 채로 전화를 끊어버렸습니다. 그날 이후 저는 다른 직원들도 이상한 전화통화를 하고 있는 것을 자주 목격하게 되었습니다. 날씨에 관한 이야기, 갑자기 올라버린 채소가격, 또는 점심메뉴와 같은 범죄신고와는 아무런 관련이 없는 내용이었습니다.

　직원들은 바쁘지 않은 날에는 친절하게 그 전화를 받아 주더군요. 알고 보니 그 할머니는 주변 파출소나 동사무소 직원들 사이에 이미 유명인이었습니다. 얼마나 전화를 자주 하셨는지, 가끔은 전화 받는 직원의 목소리만으로 "오늘은 바쁜가부네, 내일 전화할게" 하고 먼저 끊으시는 날이 있을 정도였으니까요.

　할머니는 일 년에 두어 번씩 떡을 한 말 해서 파출소로 찾아오십니다. "미안해, 내가 심심해서……전화 받느라 귀찮지?" 혼자 살고 계시는 그 분은 외로움을 달래기 위해 누군가와 대화를 하고 싶었던 것입니다.

카톡에 친구가 몇 명인가요?

●

우리는 외로움을 벗어나기 위해 타인과 관계를 맺으려 노력합니다. 외로움을 벗어나려고 할머니가 끊임없이 파출소로 전화를 했던 것처럼 우리도 끊임없이 누군가를 찾습니다. 누군가와 전화를 하고, 문자 메시지를 보내고, 만나서 이야기 합니다. 다른 사람과 관계를 맺지 못하면 인간은 외롭고, 외로움은 불안을 낳습니다. 우리가 계속해서 친구를 만나고, 새로운 사람을 만나 교류하고, 학교에서든 집에서든 직장에서든 사람들과 연결되어 살아가려 애쓰는 것도 바로 외로움과 불안의 감옥에서 벗어나기 위해서입니다.

폴란드의 사회학자 지그문트 바우만(Zygmunt Bauman)의 책 《고독을 잃어버린 시간》에는 한 달에 3천 건의 문자 메시지를 보낸 미국의 한 여고생이 등장합니다. 계산해보면 하루에 100통 이상, 깨어 있는 동안 10분마다 한 통씩 친구들에게 문자 메시지를 보낸 것이지요. 아침이든 한밤중이든, 수업시간이든 점심시간이든 가리지 않고요. 이 학생은 누군가와 연결되어 있다는 것을 10분마다 확인하려 한 것입니다.

"너 자꾸 그러면 핸드폰 압수한다!"라는 엄마의 말이 무섭죠? 엄마의 잔소리보다 더 무서운 건 친구들과의 대화에서 잠깐이라

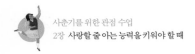

도 소외는 것이고요. 친구들 간의 카톡 단체방에 초대되지 않았다는 것을 아는 순간 우리는 망망대해에 홀로 떠있는 것만 같습니다.

그런데 10분마다 문자를 보내는 사람이 있어 그 여고생은 외롭지 않았을까요? 우리가 혼자 있을 때 느끼는 외로움보다 더 외로운 것이 있습니다. 내가 사랑하는 것만큼 그 사람이 나를 사랑하지 않는다고 느낄 때, 주변의 많은 사람들 중 나를 이해하는 사람이 아무도 없다고 느낄 때, 내가 사랑한 사람이 나를 이용한다고 느낄 때, 우리는 더 처절한 외로움에 빠지게 됩니다. 외로움에서 벗어나기 위해 많은 사람들을 만나지만, 그 많은 사람들 안에서 더 철저하게 고립되고 맙니다.

진정한 친구 한 명보다 '카톡'에 친구가 몇 명인가가 중요한가요? 친구를 위해 해줄 수 있는 게 없어서가 아니라 그 친구 때문에 손해를 볼까 걱정되나요? 친구가 좋아하는 책보다 외적인 조건이나 환경에 더 관심이 가나요?

서로의 내면에 관심이 없는 사람들은 아무리 많은 만남을 가져도 외로움에서 벗어나지 못합니다. 나의 내면에 닿지 않는 사람들과의 관계는 오히려 우리를 더 피곤하고, 더 힘들게 할 뿐입니다. 슈바이처 박사의 말처럼 "우리는 모두 한데 모여 북적대며 살고 있지만, 우리는 너무나 고독해서 죽어가고" 있습니다.

그렇다고 지금까지 산 날보다 앞으로 살아갈 날이 더 많은 우리가 벌써 고독해서 죽어갈 수는 없는 일. 어떻게 하면 이 지독한 외로움에서 벗어날 수 있을까요? 그 해답은 20세기 가장 유명한 사회심리학자로 꼽히는 에리히 프롬(Erich Pinchas Fromm)의 《사랑의 기술》에서 찾을 수 있습니다.

《사랑의 기술》은 제목 때문에 오해를 많이 받습니다. 제목만 보면 연애를 잘하는 방법을 알려주는 연애지침서 같죠? 하지만 이 책은 인간과 인간의 진정한 관계에 대한 생각을 담고 있습니다. 쉽게 얘기하면 남녀 간의 사랑을 넘은, 더 넓은 의미의 '사랑'에 대한 책입니다.

에리히 프롬은 인간이 고독해진 이유는 '진정한 관계 맺음'의 무능력 때문이라고 지적합니다. 다른 사람과 제대로 관계를 맺지 못하기 때문에 고독하다는 것입니다. 우리는 항상 진정한 사랑에 대한 갈증으로 괴로워합니다. 프롬은 인간의 사랑에 대한 욕구는 실존적인 욕구로, 인간이 살아있는 한 반드시 풀어야 하는 문제라고 합니다. 밥을 먹어야 인간이 살아갈 수 있듯이, 타인과 충만한 인간관계를 만들어야 살아갈 수 있다는 것입니다. 그렇다면 에리히 프롬이 말하는 서로의 내면을 위로하는 진정한 인간관계란 무엇일까요?

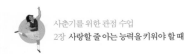

실존의 문제는 각자에 의해 스스로의 힘으로서만 해결될 수 있고 남이 대신 해결해 줄 수 없기 때문에 자기 자신의 내면에서 실패하지 않을 수 없다. 두 사람이 서로 그들 실존의 핵심으로부터 사귈 때, 그러므로 그들이 각기 자신의 실존의 핵심으로부터 자기 자신을 경험할 때 비로소 사랑이 가능하다.

─《사랑의 기술》

친구가 되려면 나를 길들여줘

●

어느 날, 어린 왕자가 살고 있던 B-612호 행성에 이름 모를 씨앗이 날아듭니다. 새싹이 피고, 수줍게 꽃망울을 준비합니다. 비밀스러운 몸단장을 끝내고 마침내 한 송이 장미가 피어올랐습니다.

어린 왕자는 장미를 사랑하게 됩니다. 식사 시간에 맞추어 물을 주고, 바람을 싫어하는 장미를 위해 바람막이를 준비하고, 추위를 타는 장미를 보호하려고 유리덮개를 만들어 줍니다. 하지만 작은 오해로 어린 왕자는 장미를 떠나 지구에 옵니다. 그곳에서 어린 왕자는 자신의 장미와 똑같이 생긴 수천 송이의 장미를 만납니다. 세상에 단 하나뿐인 나의 장미인줄 알았는데 똑같은 장미가 수천 송이나 있었다니……. 어린 왕자는 절망감에 빠져 풀밭에 엎드려 울어버립니다.

그때 어린 왕자의 곁에 여우가 나타납니다. 절망감과 외로움에 빠져있던 어린 왕자는 여우와 친구가 되고 싶었습니다. 그러나 여우는 어린 왕자에게 '길들여지지 않았으므로' 친구가 될 수 없다고 말합니다. 친구가 되려면 먼저 나를 길들여달라고 부탁하죠.

'길들인다'는 것은 '관계를 맺는다'는 것이고 관계를 맺기 위해서는 인내와 시간이 필요합니다. 어린 왕자는 여우와 관계를 맺기 위해 매일 같은 시간에 여우를 찾아갑니다. 여우가 앉아 있는 들 옆에서 여우를 쳐다보며 여우를 이해하려고 노력합니다. 여우는 어린 왕자가 찾아오는 시간을 기다리고, 그 기다림의 시간은 행복감으로 젖어듭니다.

"지금 너는 나에게 수많은 아이와 다름없는 작은 소년에 지나지 않아. 난 네가 필요하지 않고, 물론 너도 내가 필요하지 않지. 나도 너에게 수많은 여우 중 하나에 지나지 않으니까. 하지만 네가 나를 길들인다면 우리는 서로 필요한 존재가 되는 거야. 나한테 너라는 존재는 세상에 하나밖에 없는 사람이 되는 거고, 너한테 나는 세상에 하나밖에 없는 여우가

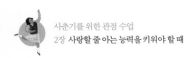

되는 거니까."

관계를 맺는다는 것은 세상에 하나밖에 없는 그 누군가가 되는 것입니다. 나의 시간과 나의 에너지를 그에게 쏟고 그는 나에게, 나는 그에게 길들여지는 것입니다. 이렇게 길들여진 서로는 누군가와 대체될 수 없는 사람이 됩니다. 옷이나 빵은 가게에서 살 수 있지만, 친구는 가게에서 팔지 않습니다. 왜냐하면 시간을 들여 나에게 길들여진 사람만이 나의 친구가 될 수 있기 때문입니다.

어린 왕자는 행성에 두고 온 장미가 생각났습니다. 지구에는 수천 송이의 장미가 있었지만, 어린 왕자에게 정말 소중한 의미가 있는 것은 세상에 단 하나뿐인 그만의 장미라는 것을 깨닫습니다. 어린 왕자는 자신을 울게 만들었던 그 장미들에게 찾아갑니다.

"너희들은 아름다워. 그러나 너희들은 아무 의미도 없는 존재야, 아무도 너희들을 위해 죽을 수는 없으니까. 물론 나의 장미꽃도 지나가는 사람들에게는 너희들과 똑같은 꽃으로 보일 거야. 하지만 내게는 그 한 송이가 너희 모두보다 더 소중해. 내가 물을 준 꽃이니까. 내가 유리덮개를 덮어주고 바람막이로 바람을 막아 준 꽃이니까. 내가 벌레를 잡아 준 꽃이니까(나비가 되라고 두세 마리를 남겨 둔 것 말고는). 내가 불평을 들어주고 잘난 척 하는 걸 들어주고 때로는 아무 말도 하지 않는 것까지 다 들어준 꽃이기 때문이야. 그것은 내 장미꽃이니까."

—《어린 왕자》

우리들은 친구는 자연스럽게 생기는 것, 사랑은 나도 모르게 빠져 버리는 것이라고 생각합니다. 내가 진정한 우정을 갖지 못하는 것은 그만큼 좋은 친구를 만나지 못한 것뿐이라고 위안합니다. 언젠가 진정한 친구, 훌륭한 연인을 만날 것이라고 시간만 보내고 있습니다.

에리히 프롬은 이러한 태도에 대해 그림을 잘 그릴 생각은 하지 않고, 아름다운 모델만 찾는 화가와도 같은 것이라고 말합니다. 그림을 잘 그리기 위해서 부단한 노력으로 실력을 쌓아야 하듯, 타인과의 진정한 관계도 나의 노력과 의지가 필요한 일입니다.

어린 왕자가 매일 같은 시간에 찾아가 여우에게 기다림과 행복감을 선물한 것처럼, 장미에게 물을 주고, 보호해주고, 이야기를 들어준 것처럼, 관계를 만들기 위해서는 나의 노력과 에너지와 시간이 필요합니다. 어린 왕자에게 장미가 그토록 소중한 것

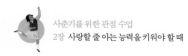

은 장미에게 들인 시간 때문입니다.

에리히 프롬은 사랑은 '받는' 문제가 아니라 사랑할 줄 아는 능력, 곧 '사랑하는' 문제라고 말합니다. 남들에게 사랑받기 위해 기다리는 것은 진정한 사랑을 대하는 자세가 아닙니다. 누군가를 '사랑하고' 싶다면 '사랑할 줄 아는 능력'을 키워야 합니다. 누군가로부터 '사랑받고' 싶다면 그 누군가에게 먼저 '사랑을 주어야' 합니다. 나의 소중한 것을 그들에게 나누어 주어야 하고, 그들을 보호해야 하고, 책임을 지며 존경해야 합니다.

그래서 에리히 프롬은 사랑을 '능동적 활동'이라고 정의합니다. 나의 것을 준다는 것은 그 행위 자체에서 나의 생명력과 잠재력을 느낄 수 있으며, 어떤 대가를 바라지 않고도 매우 큰 환희를 느낄 수 있는 인간의 가장 큰 기쁨과 즐거움이 될 수 있습니다.

사랑은 수동적 감정이 아니라 활동이다. 사랑은 참여하는 것이지 빠지는 것이 아니다. 가장 일반적인 방식으로 사랑의 능동적 성격을 말한다면 사랑은 본래 주는 것이지 받는 것이 아니라고 설명할 수 있다.

——《사랑의 기술》

사랑을 준다는 것의 의미

●

고등학교 1학년인 선우의 담임선생님이 상담을 요청해 왔습니다. 선우가 쉬는 시간마다 매점에서 너무 많은 양의 간식을 산답니다. 선생님은 선우가 성격도 쾌활하고 학교생활 적응도 잘하는 학생처럼 보이지만, 혹시 '빵셔틀'의 피해자일 수도 있다고 생각하여 저희에게 도움을 요청한 것입니다.

학교전담경찰관이 면담했지만 선우는 스스로 왕따나 셔틀의 피해자는 아니라고 강하게 부인했습니다. 반 친구들에게도 물어보았지만 대부분 선우네 집이 부자여서 자주 간식을 살 뿐이라고 대수롭지 않게 말했습니다. 한동안 조용히 살펴보았지만 어디에도 폭력이나 강요의 흔적은 없었습니다.

"선우야, 누가 너한테 빵이나 음료수를 사오라고 시켰니?"

"아니에요. 제가 그냥 사주는 거예요."

"선생님 말로는 너무 많이 산다니까……. 용돈을 많이 받는구나."

"그런 건 아니고요."

"선우야, 때리는 것만 문제가 되는 건 아니야. 혹시 말이나 행동으로 압력을 받은 건 아니야?"

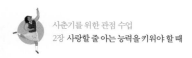

"아니라니까요. 제가 중학교 때 친구가 많이 없어서 고등학교 올라와서는 친구를 많이 사귀고 싶었어요. 그래서 그런 거예요. 왕따 당한 거 아니라고요. 경찰관이 자꾸 면담하면 진짜 왕따 당해요. 저 좀 그만 부르시면 안 돼요?"

사랑이 '주는 것'이라고 해서 나의 것을 무조건 주라는 것은 아닙니다. 나의 것을 '포기하거나 희생'하라는 뜻이 아닙니다. 친구가 되기 위해 억지로 돈을 써야 하는 것, 친구의 강요로 나의 의지를 포기하거나 원치 않는 일을 해줘야 하는 것은 '주는 것'이 아닙니다. 그것은 외형은 주는 것으로 포장되어 있지만 '빼앗기는 것'입니다.

또한 내가 준 그 무엇을 언젠가는 상대방으로부터 돌려받을 수 있을 거라고 생각하면서 상대방에게 끊임없이 희생한다면 그것은 나를 '속이는 것'에 불과합니다. 친구가 되어 줄 것이라는 생각에 내 것을 주는 것은 진정 주는 것이 아니고 '거래'하는 것에 불과합니다. 나의 것을 모두 포기하고 희생한 채 상대방을 위해 헌신하는 것을 조건 없는 사랑이나 영원한 우정으로 포장해서는 안 됩니다.

"내가 너한테 어떻게 했는데, 네가 나한테 이럴 수 있어."

우리는 다른 사람에게 상처 받았을 때 이렇게 화를 냅니다. 이

말 속에는 내가 타인에게 무엇인가를 줄 때 그 대가를 기대했다는 뜻입니다. 내 멋대로 세운 그 기대가 충족되지 않았을 때 사람들은 '배신당했다'고 말합니다. "나는 네가 필요해. 그래서 너를 사랑해"라는 것은 필요와 사랑을 교환하는 것이지, 사랑하는 것이 아닙니다.

어린 왕자가 여우와 헤어질 때 여우는 눈물을 흘리며 슬퍼합니다. 어린 왕자는 슬퍼하는 여우를 보며 친구가 된 것을 후회합니다.

"네 잘못이야. 나는 네 마음을 아프게 하고 싶지 않았어. 하지만 네가 길들여주길 원했잖아."

"그래, 그랬어."

"그런데 너는 자꾸 울려고 하잖아. 길들여서 좋을 게 없어."

여우가 대답합니다.

"아니야, 그래도 좋은 게 있어. 밀밭의 황금빛을 사랑하게 되었잖아."

————《어린 왕자》

어린 왕자를 만나기 전 그저 넓은 밀밭일 뿐이었지만, 어린 왕자를 사랑하게 된 여우는 밀밭을 볼 때마다 어린 왕자의 황금빛 머릿결이 생각날 것입니다. 여우는 어린 왕자와의 기억 때문에

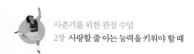

밀밭을 사랑하게 될 것이고, 밀밭을 지나가는 바람소리가 좋아지게 될 것입니다. 밀밭을 볼 때 마다, 밀밭을 지나는 바람소리를 들을 때마다 여우는 어린 왕자와의 즐거웠던 추억 때문에 또 다시 행복해질 것입니다.

진정 준다는 것은 이런 것입니다. 그 사람과의 나누었던 우정으로 다른 것들을 사랑하게 되고, 헤어지고 나서도 상대방과 나누었던 시간 때문에 다시 행복해질 수 있는 것, 그런 것이 진정 준다는 것의 의미입니다.

> 준다는 것은 자기 자신 속에 살아 있는 것을 준다는 뜻이다. 그는 자신의 기쁨, 자신의 관심, 자신의 이해, 자신의 지식, 자신의 유머, 자신의 슬픔 – 자기 자신 속에 살아 있는 것의 모든 표현과 현시를 주는 것이다. 이와 같이 자신의 생명을 줌으로써 그는 타인을 풍요하게 만들고, 자기 자신의 생동감을 고양함으로써 타인의 생동감을 고양시킨다. ─《사랑의 기술》

나 자신을 사랑하라

●

누구나 쉽게 사랑을 할 수 있을 거 같지만 사랑은 쉬운 게 아닙니다. 그래서 에리히 프롬은 사랑을 'Art(기술)'라고 했나 봅니다. 사랑을 준다는 것과 나를 희생하거나 빼앗기는 것을 헷갈리지 않으려면 어떻게 해야 할까요? 바로 자신을 사랑하게 되면 자연스럽게 구분할 수 있게 됩니다.

나 자신을 사랑하지 못하는 사람은 나의 부족한 점을 채워줄 누군가를 찾아 사랑하려고 합니다. 상대방이 완벽한 인간이라는 환상을 갖는 거죠. 첫눈에 반한 연인이 서로를 이상형이라고 착각하고 결혼하지만 현실 속에서 절망만 쌓여가는 것과 비슷합니다. 그렇지 않으면 상대방을 완벽한 사람으로 만들려는 욕심에 휘둘립니다. 자녀들을 사랑한다는 이유로 많은 것을 강요하는 부모님들이 그렇습니다. 내가 공부를 못했으니 서울대에 가야 한다, 내가 가난했으니 너는 부자로 살아야 한다면서 나의 문제를 상대방의 문제로 전가시킵니다.

이런 문제들은 진정으로 자신을 사랑할 줄 모르기 때문에 일어납니다. 에리히 프롬은 남을 사랑하기 위해서는 먼저 자신을 사랑해야 한다고 말합니다. 사랑의 문제는 사랑할 줄 아는 능력인데, 이 능력에는 '나를 사랑하는 능력'도 포함됩니다. 나를 이해하고, 있는 그대로를 존중하고, 그리고 나에게 나의 시간과 에너지를 투자해야 합니다. 에리히 프롬은 다른 사람에 대한 사랑과 나 자신에 대한 사랑은 언제나 같다고 합니다. 즉 나를 사랑하는 태도가 그대로 남을 사랑하는 태도로 발전하게 됩니다.

> 만일 그대가 그대 자신을 사랑한다면 그대는 모든 사람을 그대 자신을 사랑하듯 사랑할 것이다. 그대가 그대 자신보다도 다른 사람을 더 사랑하는 한, 그대는 정녕 그대 자신을 사랑하지 못할 것이다. 그러나 그대 자신을 포함해서 모든 사람을 똑같이 사랑한다면 그대는 그들을 한 인간으로 사랑할 것이고 이 사람은 신인 동시에 인간이다. 따라서 그는 자기 자신을 사랑하면서 마찬가지로 다른 모든 사람도 사랑하는 위대하고 올바른 사람이다.
>
> —— 마이스터 에크하르트, 《사랑의 기술》

나는 왜 친구가 없을까? 저 사람은 왜 나를 사랑하지 않을까? 내 친구는 왜 항상 나를 이용하려고만 할까? 쟤와 친해지고 싶은데 어떻게 해야 할까? 학교에서 친구들과 대부분의 시간을 보내는 우리들은 친구에 대한 고민이 많습니다. 친구에 대한 고민은 유독 학창시절에만 있는 것은 아닙니다.

앞으로도 친구에 대한 고민은 물론 부모님에 대한 고민, 연인에 대한 고민, 직장 동료에 대한 고민, 결혼 상대자에 대한 고민 등 사람 사이에 대한 고민은 계속됩니다. 혼자는 살 수 없는 우리는 다른 사람들과 같이 살아가는 동안 수많은 관계를 만나고, 만들어가고, 끝내야 하는 상황에 놓여 있습니다. 사랑에 관한 고민과 생각들로 잠이 오지 않는 밤을 만날 때 니체의 조언을 들어보는 것은 어떨까요?

사랑에 관한 여러 가지 문제로 고민한다면 단 하나의 확실한 치료법이 있다. 그것은 자기 스스로 더 많이 더 넓게 더 따뜻하게 그리고 한층 더 강하게 사랑하는 것이다. 사랑에는 사랑이 가장 효험이 있다.

——《초역 니체의 말》

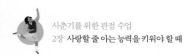

BOOK

《**어린 왕자**Le Petit Prince》

앙투안 마리 로제 드 생텍쥐페리Antoine Marie Roger de Saint-Exupéry, 1900~1944

문학동네 | 2007

어린 왕자가 들려주는
세상의 보이지 않는 비밀 이야기

프랑스의 작가 생텍쥐페리의 대표작이다.《어린 왕자》의 아름다운 삽화도 그의 작품이다. 그가 죽기 1년 전 발표한 이 책은 전 세계에 1억만 부 이상 팔려《성경》과 마르스크의《자본론》다음으로 많이 읽힌 책으로 꼽힌다. 조종사이기도 했던 생텍쥐페리는 자신의 비행 경험을 많은 작품의 모티프로 삼았다. 1944년 마지막 비행에서 행방불명되었는데, 그 후 54년이 지나서야 사라진 기체와 팔찌가 발견되었다. 그 팔찌에는 생텍쥐페리가 사랑했던 여인 콘수엘로의 이름이 새겨져 있었다고 한다.

《사랑의 기술 The Art of Loving》
에리히 프롬Erich Pinchas Fromm, 1900~1980 | 문예출판사

연애 지침서로 오해받는
사랑에 관한 철학서

에리히 프롬은 독일 유대인 가정에서 태어나 법학, 사회학, 철학, 정신분석학을 공부하고 정신분석학자, 사회심리학자로 활동했다. 프로이트의 정신분석학을 계승하였으나 개인 차원의 분석에서 그치지 않고 사회 구조 전반에 적용하여 '사회심리학'이라는 분야를 개척했다는 평가를 받는다. 《소유냐, 존재냐》, 《자유로부터의 도피》, 《사랑의 기술》 등 화제작을 통해 현대인들에게 억압받지 않는 진정한 자유의 의미를 알려주고 있다.

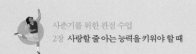

| 사랑에 대하여 |

주는 사랑, 우리도 해볼까요?

사랑을 받기 위해 기다리지 마세요. 누군가 나를 선택해줄 때까지 기다리지 마세요. 내가 먼저 누군가를 사랑해보세요. 나의 시간과 에너지를 주면서, 나의 소중한 것을 주면서, 내 사랑을 그에게 주면서 나는 진정한 친구를 만들어 갈 수 있습니다. 조심해야 할 것은 대상을 잘 골라야 한다는 것입니다. 너무 많은 사람에게 나누어 주기에 내 시간과 에너지가 무한정 많지는 않으니까요. 프롬은 그 대상을 자기 자신부터 시작해 보라고 합니다. 나를 사랑하는 일, 그것이 타인을 사랑하는 것의 시작이기 때문입니다.

3장

스스로 생각하지 않는 자, 유죄

—

《카타리나 블룸의 잃어버린 명예》: 하인리히 뷜 & 《예루살렘의 아이히만》: 한나 아렌트

카타리나의 두 얼굴

●

아침에 일어나 조간신문을 펼치니 어느 젊은 여성이 무장경찰의 엄호를 받은 채 걸어 나오는 사진이 1면에 실려 있습니다. 사진 속의 그녀는 젊고 아름다웠지만, 머리는 헝클어졌으며 불쾌한 표정을 짓고 있습니다. 그녀는 파티에서 처음 만난 강도범 괴텐을 자신의 아파트에 데려가 함께 밤을 보냈으며, 그 강

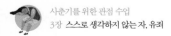

도범이 도주하는 것을 도와준 카타리나 블룸이라는 여성입니다. 궁금해진 나는 그녀에 대한 기사를 읽기 시작했습니다.

강도의 정부(情夫) 카타리나 블룸은 강도이자 살인자인 루트비히 괴텐의 흔적을 없애고 도주를 눈감아 주었다. 경찰은 카타리나 블룸이 오래 전부터 이 음모에 연루되어 있었을 것이라고 의심하고 있다. 그녀의 아버지는 위장한 공산주의자였다. 이제 겨우 스물일곱 살인 가정부가 어떻게 이런 비싼 아파트를 소유하게 되었나? 그녀의 아파트는 모의의 본부였거나, 도당들의 아지트 혹은 무기를 거래하는 장소이었을 것이다. 경찰은 계속 수사 중이다.

〈살인범 약혼녀 여전히 완강! 강도범의 소재에 대한 언급 회피! 경찰 초비상!〉

그녀는 오랫동안 중병을 앓고 있는 어머니를 단 한 번도 찾아가지 않았으며, 결국 어머니는 이 사건 이후 죽고 말았다. 어머니는 죽어 가고 있는데 그 딸은 강도이자 살인자인 한 남자와 춤을 추고 있었던 것이다. 게다가 어머니의 죽음 앞에서 전혀 눈물을 흘리지 않았다는 것은 극도의 변태에 가깝다.

소박한 성품의 전 남편은 그녀가 출세와 돈을 위해 자신을 떠났지만 자신은 그녀를 사랑했다며 여전히 그녀와의 행복을 그리워했다. 카타리나가 가정부로 일하고 있는 집주인은 그녀를 '얼음처럼 차고 계산적인 여자'라고 말했고, 그녀의 친구는 "모든 관계에서 과격한 한 사람이 우리를 감쪽같이 속였다"라며 분노했다.

—《카타리나 블룸의 잃어버린 명예》

지금까지가 일간지 〈차이퉁〉에서 카타리나 블룸이라는 27세 가정부에 대해 쓴 기사 내용입니다. 신문 기사를 종합하면 카타리나는 파티에서 처음 만난 남자를 집에 데려와 함께 밤을 보내는 부도덕한 여자이며, 수년 전부터 범죄를 모의하면서 불법적으로 돈을 번 범죄자로 보입니다. 또한 소박하고 검소한 남편을 떠나 좋은 집과 좋은 차를 위해 물불을 가리지 않는 된장녀로도 보입니다. 어머니가 죽었는데도 울지도 않았다니 분명 착한 사람일리는 없습니다. 공산주의자인 아버지 밑에서 자랐으니 그녀의 범죄는 아마 공산당의 명령이었을지도 모릅니다.

정말 카타리나는 이토록 부도덕하고 뻔뻔스럽기 그지없는 악녀였을까요? 그녀의 아버지는 광부였습니다. 가난한 집에서 어렵게 학교를 졸업한 카타리나는 가정부로 일하기 시작했습니다. 카타리나의 성실함을 좋아한 집주인 블로르나 부부는 넉넉한 임금을 주었고, 검소했던 그녀는 아파트를 마련하게 되었습니다.

그녀의 아버지가 공산주의자였음을 입증하는 유일한 증거는 시골의 한 술집에서 "사회주의가 절대 최악의 것은 아니다"라고 뱉은 말 한 마디였습니다. 어머니는 요양원에 계셨지만 카타리나는 월급을 아껴 어머니의 병원비를 대주고 있었습니다. 카타리나의 고용주는 그녀를 "영리하고 이성적"이라고 말했으나 신문에는 '얼음처럼 차고 계산적인 여자'로 표현되었으며, 그녀의 친구는 "과격하리만치 협조적이고 지적인 여성"이라고 말했으나 신문에는 '모든 관계에서 과격한 사람'으로 지칭되었습니다.

이 두 가지 모습을 가진 여인은 독일의 소설가 하인리히 뵐 (Heinrich Böll)이 쓴 소설 《카타리나 블룸의 잃어버린 명예》라는 소설의 주인공입니다. 카타리나라는 여인이 경찰에 쫓기는 강도범을 숨겨주었다는 이유로 그녀의 이야기는 매일 신문의 1면을 장식하게 됩니다.

광부였던 아버지는 공산주의자로, 검소한 생활습관은 범죄의 증거물로, 첫눈에 사랑에 빠진 순수함은 음탕함과 부도덕함의 상징으로 둔갑되어 그녀는 세상의 비웃음과 지탄의 대상이 되고 맙니다. 그녀의 이웃은 엘리베이터에서 만난 그녀를 외면하거나 뻔뻔스럽고 가혹하게 훑어보았습니다. 그녀의 전화기는 그녀를 모욕하거나 협박하기 위한, 전혀 알 수 없는 사람들로부터 걸려오는 전화로 쉴 새 없이 울렸습니다. 결국 그녀는 이 모든 기사를 써낸 〈차이퉁〉지의 기자 베르터 퇴트게스를 살해합니다.

어느 젊은 여자가 즐거운 기분으로 쾌활하게 전혀 위험하지
않은 댄스파티에 갔는데, 나흘 후에 그녀는 살인자가 된다.
사실 잘 들여다보면 그것은 신문 보도 때문이었다.

——《카타리나 블룸의 잃어버린 명예》

우리를 통제하는 누군가가 있다

●

하인리히 뵐은 당시 독일 사회를 뜨겁게 달구었던 바더 마인호
프 논쟁에 연루된 페터 브뤼크너 교수의 고초를 바라보며 이
소설을 쓰게 되었다고 합니다. 바더 마인호프는 1960년대 말
서독의 반정부단체로 극좌노선을 걸으며 과격한 테러행위를
하던 학생단체였습니다. 하노버 공대 교수였던 브뤼크너 교수
는 이 학생들에게 숙식을 제공했다는 이유로 대중매체의 공격
대상이 되었습니다. 그리고 빨갱이라는 누명을 쓰고 결국 해직
을 당하고 맙니다. 나중에 무죄가 입증되어 복직이 되었으나
브뤼크너 교수의 명예는 되찾을 수 없었습니다.

하인리히 뵐은 바더 마인호프에 대해 밝혀지지도 않은 범죄혐

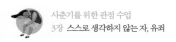

의를 보도하여 범죄를 기정사실화하고, 그들을 몰아붙이는 언론의 행태를 비판했습니다. 그러자 언론들은 하인리히를 테러리스트의 동조자로 낙인찍으며 '바더 마인호프보다 위험한 인물'로 몰아붙이기 시작합니다. 이러한 배경을 가지고 탄생한 《카타리나 블룸의 잃어버린 명예》는 하인리히 뵐의 '언론에 대한 문학적 복수'라는 평가를 받기도 합니다.

이 소설을 발표할 당시 하인리히 뵐은 독일인 최초의 국제펜클럽 회장이었으며 노벨문학상을 수상한 저명인사였습니다. 하인리히 뵐이나 브뤼크너 교수와 같은 사회적으로 명망 있는 사람에게도 언론의 폭력이 이토록 가혹하다면, 카타리나와 같은 소시민은 언론의 허위 또는 왜곡보도로 인한 상처와 피해는 상상할 수 없을 정도였겠지요. 하인리히는 카타리나의 살인사건을 통해 사실을 왜곡하거나 과장하여 여론을 호도하고 조작하는 언론의 폭력을 적나라하게 보여주었습니다.

맥스웰 맥콤스(Maxwell McComb) 텍사스 주립대학교 교수는 언론에 의해 조작되는 현실과 이에 조종당하는 대중의 심리를 '아젠다 세팅(Agenda Setting)'이라는 용어로 표현했습니다. 1990년대 초반, 미국 텍사스의 범죄발생은 통계상 줄고 있었습니다. 1991년 범죄를 심각한 사회문제로 인식하는 시민은 2%에 불과했지만, 언론이 범죄에 대해 집중적인 보도를 계속하자

1994년에 이르러서는 그 숫자가 35%에 육박하게 됩니다. 실제 일어나고 있는 사실과는 상관없이 언론이 중요하게 다루는 문제가 그 사회의 아젠다로 설정된 것입니다.

우리나라에도 비슷한 일이 있었습니다. 얼마 전 귀가하는 여성을 끌고 가 성폭행 하려다 실패하자 살해한 뒤 시신을 훼손하는 끔찍한 사건이 있었습니다. 바로 오원춘 사건입니다. 이 사건은 경찰의 미숙한 초동조치로 인해 시민의 생명을 지키지 못했다는 비난과 함께 조선족 가해자의 극악무도함이 국민적인 분노를 일으켰습니다. 언론에서는 외국인 범죄가 흉폭해지고 급증하고 있다며 대대적으로 보도가 되었습니다. 늦은 저녁 길거리에서 조선족 말투를 들으면 왠지 무서워집니다. 해꼬지라도 당하지 않을까 은근슬쩍 피하게 되죠.

그런데 인구비례로 따진다면 외국인이 아니라 한국인에 의해 범죄피해를 당할 위험이 더 높다는 것을 알고 있나요? 외국인 거주 밀집지역의 치안이 불안하다고 하지만 그곳에 사는 대부분의 사람들이 가난한 사람들입니다. 가난한 동네에서 범죄가 많이 일어나는 것은 외국인이나 내국인이나 차이가 없는 현상이죠. 외국인 범죄는 정말 심각해진 것일까요? 아니면 언론이 심각해진다고 하니까 심각해 보이는 것일까요? 아무도 모르는 일입니다.

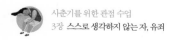

맥스웰 교수는 매스미디어가 어떤 의제를 비중 있게 다루면 일반 수용자들은 그 이슈를 중요한 것으로 생각하게 되고 결과적으로 그것은 중요한 의제로 부각된다고 주장합니다. 다소 과장해서 말한다면 백지상태인 우리들의 머릿속에 매스미디어가 원하는 방향대로 그림이 그려진다는 뜻입니다. 검소하고 성실했던 카타리나가 음탕한 범죄자로 변하듯이, 오원춘 사건의 언론 보도를 접하는 우리들은 외국인들의 범죄가 온통 한국을 더럽히고 있는 것처럼 느끼게 되는 것입니다. 우리 머릿속에 들어 있는 생각들은 정말 우리의 생각일까요?

스스로 생각하지 않은 죄

●

중학교 3학년인 정민이는 언제부터 시작되었는지 알 수 없는 소문에 시달렸습니다. 정민이가 단짝의 남자친구를 빼앗았다는 겁니다. 오랫동안 이 소문은 학교를 떠돌아 다녔고 정민이는 학교에서 조용히 왕따를 당하고 있었습니다. 누구라도 붙들고 "너희들이 믿는 소문은 거짓이야"라고 말하고 싶었지만 그렇게 말하는 순간 소문은 더 커질 것이 분명하니 정민이는 조용히 소문이 가라앉기만을 기다리는 수밖에 없었습니다.

학년이 바뀌고 학급이 바뀌었지만 정민이에게 새로운 친구는 생기지 않았습니다. 정민이는 오랜 고민 끝에 학교전담경찰관에게 상담을 요청했습니다. 학교전담경찰관은 우선 정민이와 같은 반 친구들을 모아 집단 상담을 실시했습니다.

아이들은 대부분 정민이에 대한 소문을 알고 있었습니다. 언제부터인지도 모르고 누구로부터 그 소문이 시작되었는지는 알 수 없었습니다. 대부분 친구들은 그저 "정민이가 꽃뱀이라는 거요? 다른 애들이 그러던데요", "걔 옛날부터 걸레였다던데"라며 쉽게 이야기합니다. 그러면서 "저는 아무한테도 말 안했어요, 그냥 들어서 알게 된 거예요"라며 본인은 아무런 책임이 없다는 것을 강조합니다. 학교폭력 예방교육을 많이 들어서인지 다른 사람에 대한 소문을 퍼뜨리는 것은 나쁜 짓이라는 것을 알고 있었지만, 그 소문을 그대로 믿고 있는 점에 대해서는 아무런 문제점을 느끼지 못하고 있었습니다.

《카타리나 블룸의 잃어버린 명예》의 부제는 '폭력은 어떻게 발생하고 어떤 결과를 가져올 수 있는가'입니다. 그렇다면 이 소설에서 말하고자 하는 폭력은 과연 무엇일까요? 먼저 기자의 입맛대로 부풀려지고 잘려진 왜곡된 기사로 인한 폭력입니다. 또 카타리나가 절망의 끝에서 기자를 살해한 폭력도 있습니다. 그리고 기자의 폭력과 카타리나의 폭력을 이어주는 것은 바로 왜

곡된 신문 기사를 진실로 받아들이고, 확대시키고, 카타리나를 괴롭힌 우리들이었습니다. 정민이에 대한 소문을 그대로 믿고 퍼뜨렸던 우리들과 같은 사람입니다.

왜 기자들은 실체와 상관없는 카타리나의 내밀한 사생활을 보도하고 싶어 했을까요? 신문을 사서 읽는 사람들이 원하기 때문입니다. '경찰이 은행 강도범을 쫓고 있다'라는 사실 관계를 보도하는 신문보다 '은행강도범의 정부, 카타리나 블룸의 사생활'을 더욱 재미있어 하기 때문입니다.

몇 년 전 유명 여배우가 자살하는 사건이 있었습니다. 마지막까지 그녀를 괴롭혔던 것은 인터넷에 떠돌아다니는 근거 없는 추문들이었습니다. 그녀의 죽음 후에 밝혀진 사실은 그 추문의 시작은 그녀와 전혀 알지 못하는 어떤 회사원이 장난삼아 친구들과 나눈 이야기였습니다. 그 이야기는 인터넷을 통해 여기저기 퍼졌고, 결국 많은 사람들이 그 소문을 믿어버렸습니다.

그런 점에서 보자면 진정한 폭력은 타인에 대한 말초적인 호기심으로 타인의 사생활을 파헤치고, 무분별하게 허위 사실을 믿어버리고, 또 그 정확하지 않은 사실을 다른 사람에게 퍼뜨리는 우리들일 수도 있습니다. 더욱 위험한 것은 우리들은 이런 행동에 대해 스스로 책임감을 느끼지 않는다는 것입니다.

카타리나에 대한 거짓 정보를 언론에 썼던 기자, 여배우에 대한 허위의 사실을 소문냈던 그 회사원, 정민이에 대한 소문을 퍼뜨린 친구만이 이 비극을 만들어낸 주인공이 아닙니다. 그 거짓 정보를 그대로 믿었던 수많은 사람들 역시 비극의 조연으로 활약했습니다. 우리들은 카타리나를 '부도덕한 공산주의자'로 비난하고, 나와는 아무 상관없는 여배우를 욕하고, 정민이를 친구로 거부합니다. 원인 제공자는 따로 있지만 정작 희생자들에 대한 폭력은 바로 우리들이 만들어 낸 것입니다. 폭력은 우리들이 아무 의심 없이 믿었던 사실과 아무 생각 없이 했던 판단 그 자체일 수 있습니다.

악은 늘 가까이에 있다
●

청소년들 사이에 일어나는 학교폭력 중에서 왕따의 가해자들은 다른 유형의 가해자들과는 조금 다른 점이 있습니다. 바로 자신의 잘못을 쉽사리 인정하지 않는다는 것입니다. 친구의 돈을 뺏거나, 때린 친구들은 '본인의 잘못'임을 쉽게 인정하지만, 왕따의 가해자들은 다릅니다. "모두가 그 아이를 싫어했다", "그냥 다른 친구들이 하는 대로 했을 뿐이다"면서 자신의 책임을 피하려 합니다. 이 친구들에게는 '나의 생각'이 아니었기 때문

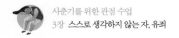

에 '나의 잘못'이 아닙니다. 내가 하고 싶어서 한 것이 아니고 친구들이 하자고 해서 한 것일 뿐입니다. 많은 사람들이 하고 있는 일이니까 당연히 나도 해도 된다고 생각합니다.

뉴스가 이렇게 말하고 있으니까, 선생님이 이렇게 가르쳤으니까, 내 친구들이 이렇게 말하니까 하고 그냥 받아들입니다. 어떤 것이 옳은 일인지 판단하기 위해 노력하지 않는 사람은 '내 생각'이라는 것을 가질 수가 없습니다. 내가 생각하지 않은 채 남들을 믿고, 남들을 따라가다가 나도 모르는 사이에 우리는 누군가에게 폭력을 저지르게 될 수도 있습니다.

2차 세계대전 당시 독일의 장교였던 아돌프 오토 아이히만(Adolf Otto Eichmann)은 근면하고 성실한 성품의 소유자입니다. 세 아이들의 아버지였고, 어려운 집안환경을 극복하고 독일군의 말단 장병으로 입대해 능력을 인정받아 중령까지 승진을 한 군인이었습니다. 그런데 아이히만은 2차 세계대전이 끝나고 중요 전범(戰犯)으로 수배되어 아르헨티나로 도주하였다가 이스라엘 비밀경찰인 모사드에게 체포됩니다.

아이히만은 수백만 명의 유대인을 살상하고, 수백만 명의 유대인에게 심각한 신체적 정신적 해를 끼쳤으며, 유대인 여성들의 출산을 금하고 임신을 방해함으로써 유대인 민족을 파멸하려는 의도를 가지고 유대인에 대해 범죄를 저질렀다는 유죄 판결에 따라 사형이 선고되었고 끝내 처형되었습니다.

아이히만은 나치의 유대인 말살계획 이주국 책임자였습니다. 아이히만에 의해 소집되고 이송된 유대인들은 수용소의 공동목욕탕으로 위장된 가스실에서 죽어갔고 콘크리트 소각장에서 태워졌습니다. 가스실 대신 가스 차량이 이용되기도 했습니다. 유대인들을 태운 큰 트럭이 출발하자마자 비명소리가 났고 트럭은 잠시 후 넓게 파인 구덩이 앞으로 가서 문을 엽니다. 트럭 안에서 유대인들의 시신들이 쏟아져 나와 구덩이 속으로 던져졌습니다. 여자, 어린아이들이 포함된 유대인들에게 무차별 총격이 가해지기도 했고, 아직까지 숨이 남아 있는 유대인들은 총살된 다른 시신들과 섞여 매장되기도 했습니다. 아이히만의 치밀한 계획과 성실한 근무로 만들어진 유대인 이송의 최종 목적지는 소름끼치는 학살의 중심지였으며, 생존자가 5%도 되지 않는 완벽하게 계획된 처절한 죽음만이 기다리고 있던 곳이었습니다.

누군가 이런 끔직한 범죄를 저질렀을 때 우리는 그 범죄자를 '미친 사람'으로 생각할 것입니다. 아이히만이 만약 살인에 대해 변태적 쾌감을 느끼는 사람이었다면 오히려 쉽게 이해될 수 있을 것 같습니다. 그렇지만 아이히만을 진찰한 여섯 명의 정신과 의사는 그를 '정상'이라고 판정했고, 그 중에 한명은 '정상적일 뿐만 아니라 바람직함'이라고 표현하기도 했습니다.

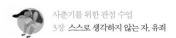

아이히만은 재판정에서 자신은 아무런 잘못도 하지 않았다고 항변했습니다. 아이히만은 단지 명령에 복종했을 뿐이라고요. 양심에 대해 말한다면 "자신이 명령받은 일을 하지 않았다면 양심의 가책을 받았을 것"이라며 무죄를 주장합니다. 아이히만의 말대로라면 히틀러의 명령에 복종했고, 히틀러가 만들어낸 법을 준수하였을 뿐인데 결과적으로 500만 명의 유태인을 학살한 전범이 되고 만 것입니다.

그가 행한 모든 일은 그가 법을 준수하는 시민으로서 인식할 만큼 행동한 것이었다. 그는 경찰과 법정에서 계속 반복해서 말한 것처럼 의무를 준수했다. 그는 명령을 지켰을 뿐만 아니라 법을 지키기도 했다.

——《예루살렘의 아이히만》

내 안의 아이히만을 경계하라

●

유대인 철학자였던 한나 아렌트(Hannah Arendt)는 나치의 박해를 피해 미국으로 망명하였다가 아이히만의 재판 소식을 듣고 예루살렘으로 달려와 그의 재판을 지켜봅니다. 한나 아렌트는 《예루살렘의 아이히만》이라는 책에서 아이히만의 죄는 '생각하지 않았기 때문에' 발생한 일이라고 정리합니다. 아렌트는 아이히만이 희대의 살인마라든가 유대인에 대한 인종적 증오를 가지고 유대인 학살에 나선 것이 아님을 밝혀냈습니다. 아이히만은 명령에 의해 움직이는 거대한 관료제 속에 들어가 있는 어느 한 사무실의 일벌레일 뿐이었고, 자신의 일을 효율적으로 처리하는 것 이외에는 다른 어떤 것에도 관심이 없는 인간이었기 때문에 수백만 명의 유대인을 학살하게 된 것이라고 말합니다.

한나 아렌트는 아이히만의 재판을 참관하면서 그에게서 세 가지 무능력을 발견합니다. 말하기, 생각하기, 그리고 타인의 입장에서 생각하기의 무능력입니다. 아이히만은 군대용어로만 자신의 이야기를 정확히 진술할 수 있었으며, 그 외의 언어 사용에 대해서는 심각한 결점을 보여주었다고 합니다. 군대 이외의 것은 어떤 것도 생각하지 않고 고민하지 않았던 아이히만은 군대용어 말고는 자신을 표현할 수가 없었던 것입니다.

말하기의 무능력은 곧 생각하기의 무능력으로 연결됩니다. 아이히만은 나치에 대해 알지 못했습니다. 나치당의 정강도 몰랐으며 히틀러가 어떤 사람인지도 알려고 하지 않았습니다. 그러니 아이히만은 자신이 복종하는 명령의 실체가 어떤 것인지 생각할 수가 없었고, 당연히 옳고 그름을 판단할 수 없습니다.

스스로 생각할 수 없는 아이히만은 자신의 행위가 현실 속에서 어떤 결과를 가져오는 일인지, 타인이 볼 때 어떤 의미를 갖고 있는 일인지 판단할 수도 없었습니다. 아렌트가 말한 세 번째 무능함, 타인의 입장에서 생각하기의 무능력입니다.

> 자신의 개인적인 발전을 도모하는 데 각별히 근면한 것을 제외하고는 그는 어떠한 동기도 갖고 있지 않았다. 그리고 이러한 근면성 자체는 결코 범죄적인 것이 아니다. 이 문제를 흔히 하는 말로 하면 그는 단지 자기가 무엇을 하고 있는지 결코 깨닫지 못한 것이다. 그로 하여금 그 시대의 엄청난 범죄자들 가운데 한 사람이 되게 한 것은 순전한 무사유(sheer thoughtlessness)였다.
>
> ——《예루살렘의 아이히만》

옳고 그름을 스스로 판단하지 않았던 것은 아이히만뿐이 아니었습니다. 히틀러가 유대인 민족을 전멸시키려고 하는 이른바 '최종해결책'을 내놓고, 많은 나치의 책임자들이 모여 회의를 했습니다. 그런데 '살인하지 말라'는 교훈을 듣고 자랐을 텐데도 누구 하나 반대하지 않았습니다. 그리고 최종해결책을 실행하는 히틀러의 친위대원이나 돌격대원들도 히틀러의 명령에 묵묵히 게 따랐습니다.

히틀러의 시대는 개인의 생각 자체를 말살하던 시대입니다. 하나 된 독일의 세계정복을 위해 모든 독일 국민은 히틀러의 생각에 동조해야만 했습니다. 개인이 가진 비판적인 생각은 모두 국가발전의 독이 되던 시대였습니다. 프랑스의 철학자 미셸 푸코(Michel Foucault)가 지적했듯이 '쇠사슬로 구속된 노예가 아닌 관념의 사슬로 구속된 노예'가 되었던 것입니다. 그들은 '명령'이라는 이유로 수백만 명의 유대인을 고문하고 학살했습니다.

한나 아렌트는 우리 모두의 안에 아이히만이 존재하고 있다고 경고합니다. 그녀는 아이히만의 재판을 통해서 우리가 배워야 할 것은 '인간들은 자기를 이끌어 주어야만 하는 것이 그들 자신의 판단뿐이고, 게다가 그 판단이 자기들 주위의 모든 사람들의 만장일치의 의견과 완전히 어긋나는 것일 때조차도, 사람들은 옳은 것과 그른 것을 구별할 수 있어야 하는 것'이라고 결론을 내립니다. 개인이 자기만의 사유방식을 찾지 못하고, 개인의 옳고 그름의 기준을 팽개치고 집단이 요구하는 또는 국가가 요구하는 메시지를 자신의 것으로 착각하기 시작할 때 우리는 아이히만과 같은 무사유의 죄를 지을 수 있다고 말합니다.

인터넷이 발달되고 진화한 미디어는 우리의 생각을 재단합니다. 더 이상 나만의 판단을 할 수 없도록 만듭니다. 국가의 생각이 나의 생각이 되고, 미디어의 판단이 나의 판단이 되고, 집단의

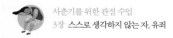

언어가 나의 언어로 변할 때 우리는 우리도 알지 못하는 사이에 아이히만이 되어 가고 있을지도 모릅니다.

이탈리아의 시인이자 유태인인 프리모 레비는 나치에 의해 아우슈비츠로 끌려가 매일 밤 유대인을 태우는 검은 연기를 바라보다 기적적으로 탈출합니다. 아이히만이 압송되어 재판을 받을 때 한나 아렌트처럼 그 재판을 방청하지 못합니다. 그 대신 프리모 레비는 아이히만에게 시를 씁니다. 그 시의 제목은 바로 '생각하지 않은 죄'입니다.

> 우리는 그대에게 결코 한순간의 죽음을 바라지 않으며
> 그 어느 누구보다도 오랫동안 장수하기를 바란다.
> 단지 500만 년 동안만 불면으로 살아가기를 바랄 뿐이다.
> 그리고 가스실에서 숨겨간 모든 이들의 신음과 비명소리가
> 매일 밤 그대를 방문해 강한 위로를 해주기를 바랄 뿐이다.

———— 프리모 레비, 〈생각하지 않은 죄 - 아돌프 아이히만에게〉

BOOK

《카타리나 블룸의 잃어버린 명예Die verlorene Ehre der Katharina Blum》

하인리히 뵐Heinrich Böll, 1917~1985 | 민음사 | 2008

황색 언론과 대중,

그리고 개인의 명예에 관한 보고서

언론의 폭력에 희생당한 개인에 대한 이야기로 언론의 폐해를 다룬 고전으로 평가받고 있다. 출간 직후 대중의 큰 관심을 받으며 6주 만에 15만 부가 팔렸으나, 소설 속의 언론사로 알려진 〈빌트지〉는 이 소설을 베스트셀러 목록에서 지워버렸다고 한다. 뵐은 국제펜클럽 회장이 된 후 세계 각국의 박해받는 작가들을 위해 많은 노력을 했다. 그는 "우리 눈에 비치는 현실이 폐허라면, 그것을 냉철히 응시하고 묘사하는 것이 작가의 의무"라고 말할 정도로 소외받고 억압받는 사람들의 편에 서고자 했다.

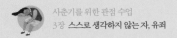

《예루살렘의 아이히만 Eichmann in Jerusalem**》**
한나 아렌트Hannah Arendt, 1906~1975 | 한길사 | 2006

생각하지 않는 평범한 사람들이 가진
악Evil에 관한 보고서

독일에서 태어난 유대인으로 대학시절 마르틴 하이데거의
제자로 철학을 전공하고, 이후 카를 야스퍼스의 지도를 받아
박사논문을 완성한다. 2차 세계대전이 발발하자 미국으로 망
명해 프린스턴 대학의 첫 여성교수로 임용된다. 아렌트는 아
이히만의 재판을 방청하면서 재판 기록과 언론 보도를 분석
하여《예루살렘의 아이히만》을 집필하였다. 아렌트는 이 책
에서 전범재판의 관할권에 대해 이스라엘 정부에 비판적 입
장을 취했다 하여 유대인의 혹독한 비난에 시달리기도 했다.

| 생각에 대하여 |

지금 내가 하고 있는 생각은, 정말 내 생각일까요?

우리는 태어나서부터 많은 선택을 하면서 살아갑니다. 내 생각들도 이런 선택들의 결과입니다. 그런데 지금 우리가 '내 생각'이라고 표현하는 것들이 정말 내가 선택한 나의 것일까요? 많은 사람들이 그렇게 생각하고 있다고 나 역시 똑같이 생각할 필요는 없어요. 옳고 그름의 판단은 다수결이 아니니까요. TV를, 책을, 선생님을, 부모님을, 어른들의 말을 무조건 믿지 마세요. 내 안에서 내가 키워낸 나의 생각을 믿으세요.

내 생각을 키워낸다는 것은 말처럼 쉬운 일이 아닙니다. 꾸준한 연습이 필요합니다. 먼저 평소 궁금했던 질문 하나를 골라 보세요. 이에 대해 친구들과 이야기를 나눠보기도 하고, 어른들에게 물어보기도 하세요. 신문이나 인터넷도 찾아보고 관련된 책을 읽어보세요. 그리고 깊게 생각하세요. 그렇게 내 생각은 점점 커져 갈 것입니다. 며칠이나 몇 달이 걸릴 수도 있습니다. 하지만 다음번에 새로운 질문을 만난다면 훨씬 더 빨리 내 생각을 찾아내게 될 거예요.

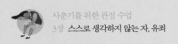

우리는 지금 행복한가요?

《꾸뻬 씨의 행복 여행》: 프랑수아 를로르 & **《행복의 정복》**: 버트런드 러셀

행복을 포기한 사람들

●

출근길에 지하철에서 사람들의 얼굴을 바라본 적이 있습니다. 기쁘지도 슬프지도 않은 표정, 동공이 사라져버린 듯한 눈동자, 어둠이 가득 깔린 얼굴. 대한민국의 가장 번화한 곳 서울의 지하에는 잘 다려진 흰색 와이셔츠에 노트북 가방을 든 좀비들이 가득 차 있었습니다.

여성청소년과장을 하면서 등교시간에 맞추어 등교지도를 하면서 만나는 학생들의 표정도 다를 바 없었습니다. 초등학교보다는 중학생이, 중학생보다는 고등학생이 더 어른들의 표정을 닮았습니다. 어른들이 짊어진 삶의 무게를 우리 학생들도 고스란히 짊어진 채 학교로 걸어 들어가는 것 같아 마음이 짠해집니다. 그러나 곧 '세상이 이런 걸, 학생들이라고 별 수 있나' 싶어 눈을 돌려버립니다.

제가 만났던 청소년들은 돈이 많으면, 좋은 대학에 붙으면, 예쁜 옷을 사면 행복해질 것 같다고 말합니다. 중학교 3학년인 현욱이는 '행복해지고 싶지 않다'고도 이야기 합니다. 저희 경찰서 학교전담경찰관 9명이 모두 다 알고 있는 소문난 말썽꾸러기 현욱이는 학교는 가고 싶을 때만 가고, 선생님이 꾸짖으면 대들기 일쑤고, 벌점 초과로 선도위원회에 회부된 것도 여러 번입니다.

그렇다고 현욱이가 청소년이 극복하기에는 너무 큰 불행을 겪은 것도 아닙니다. 현욱이를 걱정하고 관심 가져주시는 부모님이 계시고, 집안 형편이 어려운 것도 아닙니다. 그런데도 현욱이는 자신의 삶에 불만과 불평이 가득합니다.

"현욱이는 뭐가 그렇게 맘에 안 드니?"
"제가 뭐 어때서요?"

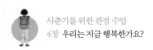

"네 인생이 불행하다고 느끼니? 어떻게 하면 행복해질 수 있을 것 같아?"

"불행하지 않아요. 그렇지만 저는 행복해지고 싶지도 않은 걸요."

행복을 포기한 것이 현욱이뿐일까요? 우리 주변의 많은 사람들 역시 행복지기 위해 노력조차 하지 않는 것 같습니다. 우리나라의 행복지수는 선진국 중에서도 낮은 것으로 유명합니다. 게다가 청소년들의 행복지수는 OECD 경제협력개발기구 36개국 중에서 3년 연속 꼴지를 기록하고 있습니다. 전국의 학생들을 1등부터 꼴등까지 줄을 세우고, 아침부터 저녁까지 학교와 학원을 맴돌게 하니 청소년들이 행복을 꿈꾸는 것 자체가 말이 안 될 수도 있습니다.

우리가 중국의 쓰촨 대지진이나 일본의 쓰나미 같은 자연재해를 맞은 것도 아니었고, 아프리카 빈민국의 국민들처럼 영양실조에 걸릴 만큼 굶어야 하는 상황도 아닙니다. 인생의 크나큰 재앙을 만난 것도 아닌데 우리는 왜 행복하지 않을까요? 우리들은 현욱이처럼 행복해지기를 포기하고 살아가고 있는 것은 아닐까요? 그리고 행복이란 대체 무엇일까요?

행복을 찾으러 떠난 꾸뻬 씨

●

파리 중심가 한복판에 진료실을 가지고 있는 정신과 의사 프랑수아 를로르(François Lelord)는 많은 환자들을 만나면서 사람들이 왜 불행해 하는지 고민을 했습니다. 세상 어느 곳보다 풍요로운 곳 파리에는 부유하면서도 교양 있는 사람들이 살고 있습니다. 그렇지만 그 도시에는 세상 어떤 도시보다도 많은 정신과 의사가 있고, 수없이 많은 사람들이 각자의 불행을 슬퍼하고 있었습니다.

를로르는 불행한 사람들을 행복하게 해주지 못하면서, 계속 불행한 사람들의 이야기를 들어주는 정신과 의사라는 직업에 회의를 느꼈습니다. 이런 고민을 해결하기 위해 세상을 향한 여행을 떠납니다. 그리고 그 여행에서 배운 행복에 관한 사소하지만 중요한 발견들을 기록한 책이 바로 《꾸뻬 씨의 행복 여행》이라는 소설입니다.

꾸뻬의 첫 여행지는 친구 뱅쌍이 일하고 있는 번화한 도시였습니다. 그곳에서 꾸뻬는 제가 서울의 지하철에서 보았던 좀비들을 보게 됩니다. 바로 번쩍거리는 고층 건물에서 양복을 입고 분주히 오가는 사람들이었죠. 퇴근 무렵, 뱅쌍과 그의 동료들이 빌딩을 빠져나옵니다. 피곤한 얼굴에 큰 걱정거리라도 있는 듯

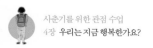

땅바닥에 고개를 떨군 채 걷고 있습니다. 서로 이야기 하는 그들의 얼굴은 무척이나 심각해 보였고, 어찌 보면 서로 화가 나 있는 듯 보이기도 합니다. 정신과 의사인 꾸뻬는 그들에게 약이라도 처방해주어야 하지 않을까 걱정이 될 정도입니다.

꾸뻬의 친구 뱅쌍은 돈을 많이 버는 친구입니다. 그는 직장을 잃게 되더라도 파산을 하거나, 굶어 죽거나, 집을 잃고 노숙자가 되지는 않습니다. 그렇지만 지금 마시는 비싼 샴페인을 더 이상 못 먹게 될까봐, 또는 보너스를 조금밖에 받지 못할까봐 두려워합니다. 자신이 누리고 있는 현재에 감사할 줄 모르는 뱅쌍은 언제나 미래에 대한 불안으로 가득 차 있습니다.

꾸뻬는 오랜만에 만난 친구와 비싼 저녁을 먹으면서도 회사의 인수합병문제를 걱정하는 뱅쌍이 안쓰러워집니다. 그때 꾸뻬의 눈에 창문 넘어 즐겁게 웃고 있는 여자들이 보였습니다. 뱅쌍의 말로는 가난한 시골에서 돈을 벌기 위해 도시에 와서 가정부 생활을 하고 있는 아가씨들이라고 합니다. 일요일에는 주인집에 있을 수도 없고 카페에 갈 돈도 없어서 땅바닥에 돗자리를 깔아놓고 여러 명이 모여 있다고 합니다. 꾸뻬는 커피 마실 돈도 없는 그 아가씨들이 어떻게 그렇게 활짝 웃을 수 있는지 궁금했습니다. 꾸뻬는 저녁 식사를 마치고 그녀들에게 다가갔습니다. 그들이 매우 행복해 보이며, 그 이유를 알고 싶다고 말했습니다. 허름한 옷차림의 젊은 아가씨들은 미소를 머금은 채 대답했습니다.

"우리가 행복한 건 친구와 함께 있기 때문이에요."

좋은 대학을 나와 많은 월급을 받고 비싼 저녁과 샴페인을 마시는 뱅쌍은 언제나 미래를 걱정합니다. 자신의 성과가 좋지 않을까봐, 다음 승진에서 누락 될까봐, 봉급이 깎일까봐 걱정합니다. 그들은 좀비의 얼굴을 가지고 출근하고 똑같은 얼굴로 퇴근합니다. 그렇지만 허름한 옷차림을 한 젊은 아가씨들은 행복하다고 말합니다. 돈이 없어도, 가족과 떨어져 지내도, 일이 힘들어도 지금 이 순간에는 친구들과 함께 있기 때문입니다.

꾸뻬는 진짜 불행하지도 않은 사람들이 불행해지는 이유를 알게 됩니다. 바로 행복을 미래에만 있다고 생각하기 때문이었습니다. 더 큰 부자가 되거나 더 중요한 사람이 되면 행복이라고 생각합니다. 그래서 그들은 현재의 나를 바라볼 시간이 없습니다.

내가 가진 것, 내가 누릴 수 있는 것, 내 주변에 이미 존재하고 있는 것들을 즐기지 못합니다. 더 많이 가지고 싶고, 더 공부를 잘하고 싶고, 더 많은 것을 누리려고 미래의 자신을 위해 현재의 자신을 학대하고 있는 것입니다.

진정한 행복은 먼 훗날 달성해야 할 목표가 아니라, 지금 이 순간 존재하는 것입니다. 인간의 마음은 행복을 찾아 늘 과

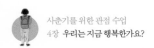

거나 미래로 달려가지요. 그렇기 때문에 현재의 자신을 불행하게 여기는 것이지요. 행복은 미래의 목표가 아니라, 오히려 현재의 선택이라고 할 수 있지요. 지금 이 순간 당신이 행복하기로 선택한다면 당신은 얼마든지 행복할 수 있습니다.

——《꾸뻬 씨의 행복 여행》

실천적 지식인, 러셀이 말하는 행복

●

한 다섯 살 아이가 좌절했습니다. '만일 일흔 살까지 산다면 이제 겨우 인생에서 14분의 1을 견딘 셈이니, 앞으로 길게 뻗어 있는 인생의 지루함을 어떻게 한단 말인가'라는 생각을 하면서요. 그 아이가 자라 사춘기가 되어서는 삶을 증오해 늘 자살할 생각을 품고 살았습니다. 그런데 선천적으로 행복한 사람은 아니었던 이 아이가 자라서 스스로 삶을 즐기게 되고, 나아가 다른 이들에게 행복해질 수 있는 방법을 알려주는 사람이 되었습니다. 이 아이가 누구냐고요? 바로 영국의 철학자이면서 노벨문학상을 받은 문필가 버트런드 러셀(Bertrand Russell)입니다.

러셀은《행복의 정복》이라는 책에서 우리들의 행복을 가로막는 가장 큰 장애물은 바로 '걱정'이라고 말합니다. 남들이 나보다 더 잘나갈 것을 걱정하고, 경쟁에서 뒤쳐질까봐 걱정하고, 세상 사람들로부터 따돌림 받을까봐 걱정합니다. 결국 우리는 너무 많은 걱정을 할까봐 또 걱정하면서 불행의 늪에 빠지게 되는 것이지요.

러셀은 사람들이 걱정하는 불운 중 대부분은 미래에도 닥치지 않는 경우가 대부분이라는 것을 지적합니다. 사람들은 '생존경쟁'이라는 걱정을 달고 살지만, 실제로는 죽고 사는 생존경쟁이 아니라 '성공경쟁'일 뿐이라고 말합니다. 세상 사람들로부터 따돌림 받을까봐 걱정하지만 사실 세상 사람들은 나에게 그렇게 큰 관심이 없습니다.

남들이 나보다 더 잘나갈 것을 걱정하지만 세상에 나보다 위대한 사람은 얼마든지 많습니다. 프랑스의 황제 나폴레옹은 역사에 길이 남는 전쟁의 명수였지만, 갈리아를 정복하고 로마제국의 황제가 되었던 율리우스 카이사르를 부러워했습니다. 카이사르는 또 페르시아를 정복하여 대왕의 호칭을 받은 알렉산드로스를 부러워했죠. 남들이 나보다 더 잘난 것을 걱정하지 않으려면 신이 되는 수밖에는 없을 것 같습니다.

우리는 어떤가요? 하루 종일 책상에 앉아 좀비같은 얼굴을 하면서 책을 들여다 보고 있습니다. 그러면서도 머릿속에서는 언제나 '진로'라는 걱정거리가 붙어 있습니다. '나중에 뭘 먹고 사

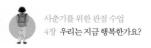

나', '대학에 떨어지면 어떻게 하나', '다음 시험을 망치면 큰일인데' 온갖 미래에 대한 상상과 걱정으로 불안해 합니다.

시험이 며칠 앞으로 다가올수록 우리들의 걱정은 커져만 갑니다. 시험이 끝나면 걱정도 끝나나요? 아닙니다. 시험을 잘 봤든 못 봤든 우리는 또 다른 걱정거리를 안고 삽니다. 러셀이 지금의 우리를 봤다면 "쓸데없는 걱정은 집어치워"라고 호통이라도 칠 것 같네요. 러셀에게 행복은 나에게 찾아오는 즐거움을 누리면서, 내가 마땅히 해야 할 일을 하면서 현재에 집중하는 것이기 때문입니다.

우리의 걱정은 대부분 '쓸모없는 것'에 불과하다는 러셀의 주장을 입증한 사람이 있습니다. 미국의 정신과 의사인 조지 월튼(George Lincoln Walton) 박사입니다. 그는 《Why Worry》라는 책에서 자신이 상담했던 환자들의 걱정거리를 분석한 결과, 걱정에 대한 유명한 통계를 발견해 냅니다. 바로 우리들의 걱정 중에 40%는 절대 현실로 일어나지 않는 것이며, 30%는 이미 일어난 것, 그리고 22%는 걱정하기에 지나치게 사소한 일이라는 것입니다. 오직 8%만이 실질적인 걱정거리인데 그중에 4%는 우리 힘으로 도저히 바꿀 수가 없는 것이니 생각할 가치가 없는 일입니다. 결국 우리가 하고 있는 걱정의 96%는 쓸데없는 것입니다. 월튼 박사는 '걱정은 바람직하지 못한 습관이자 고쳐야 하는 질병'이라고 결론 내리고 있습니다.

우리는 '오늘 할 수 있는 일을 내일로 미루지 말라'고 배우지만, 내일 할 수 있는 걱정은 내일로 미루는 것이 좋습니다. 조지 월튼 박사의 분석처럼 일생의 중차대한 문제들 몇 가지를 제외하고, 일상생활에서 우리가 흔히 하는 걱정들은 그 문제에 맞닥뜨려야 할 때를 제외하면 지금부터 걱정하지 않아도 상관없는 문제들이니까요. 한시도 쉬지 않고 계속 고민과 걱정을 안고 살아가는 것은 실제로는 고민을 해결해주지도 못하면서 우리에게 심신의 피로만 안겨 줄 뿐입니다.

사람을 상하게 하는 것은 과로가 아니라 걱정이나 불안이다. 현명한 사람은 고민을 하는 것이 효과가 있을 때에만 고민하고, 고민을 해도 효과가 없을 때에는 다른 생각을 하며, 밤에는 아무 생각도 하지 않는다.

──《행복의 정복》

그럼 걱정하던 일이 닥쳤을 때는 어떻게 해야 할까요? 러셀은 실제 걱정하고 있는 그 불운이 나에게 닥친다 해도 사실 그것이 대단치 않은 일일 수도 있다고 말합니다. 혹은 대단치 않은 일로 치부해 버리라고 합니다. 걱정하고 있는 문제가 실은 별것 아님을 깨닫는 것만으로도 상당히 많은 걱정을 줄일 수 있다는 것입

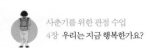

니다. 그러기 위해서는 어떤 불행을 예상하더라도 그 불행이 가져올 결과를 자세히 들여다보아야 합니다. 자세히 들여다보면 그 불행은 내가 막연히 생각했던 것처럼 그렇게 중요한 것이 아닐 수 있습니다.

시험 성적이 안 좋을까봐 고민하고 있다면 시험 성적이 안 좋았을 때의 최악의 결과를 생각해 보세요. 이번 기말고사의 성적만으로 미래의 우리가 굶어 죽지는 않습니다. 다음 주 수업시간에 반 친구들 앞에서 발표를 해야 하는데, 말을 더듬으면 어떡하나, 발표를 망쳐서 친구들한테 놀림을 받으면 어쩌나 걱정이 되나요? 그런데 내가 망친 발표를 반 친구들이 얼마나 오랫동안 기억하고 있을까요? 나의 발표는 남들에게 그렇게 중요한 문제가 아닙니다. 우리가 지금 두려워하는 것은 미래에 나에게 닥칠 불행이 아니라 그저 '미지의 세계' 그 자체일지도 모릅니다.

모든 종류의 두려움을 극복하는 올바른 방법은 이성적으로 침착하게, 그러나 매우 집중적으로 그 두려움에 대해서 생각하는 것이다. 그러다 보면 그 두려움에 대해 친숙한 감정이 들게 된다. 이러한 친밀감이 생기면 마침내 두려움의 칼날은 무뎌지고 모든 문제가 따분한 것이 되고, 두려움에서 벗어나 생각을 할 수 있게 된다.

— 《행복의 정복》

〈올드 보이〉, 〈친절한 금자씨〉, 〈박쥐〉 등의 흥행작을 만든 박찬욱 감독은 어느 인터뷰에서 자신의 좌우명이자 가훈이 '아니면 말고'라고 밝혔습니다. 한국 영화의 새로운 흥행기록을 세운 영화감독이지만 때로 실패하기도 하고 실패가 두려워지기도 했습니다. 그때마다 그는 '아니면 말고'를 되뇌었다고 합니다.

박찬욱 감독은 "무엇이든 자기 의지로 이룰 수 있다고 생각하는 것은 매우 오만한 일이다"라면서 "최선을 다해보고 그래도 안되면 툭툭 털어내 버릴 줄도 알아야 한다"고 말합니다. 해결되지 않을 문제를 걱정거리로 안고 사는 것보다는 현명한 체념의 방법을 배워야 한다는 뜻입니다. 러셀은 본질적으로 이룰 수 없는 것들, 예를 들면 '어떤 것들에 대해 의심의 여지가 없이 명확한 지식을 얻고자 하는 욕심'을 단념함으로서 삶의 즐거움을 얻게 되었다고 말합니다.

행복은 미래형이 아닌 현재형

●

독일의 작가 하인리히 뵐은 〈직업윤리의 붕괴에 대한 일화〉라는 글에서 독일인 어부 이야기를 들려줍니다. 따뜻한 햇볕이 내려쬐는 날, 늙은 어부는 자신의 작은 어선에서 낮잠을 자고 있었습

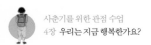

니다. 도시의 관광객이 해변을 돌아다니며 사진을 찍다가 늙은 어부를 발견하고 말을 건넵니다.

"날씨가 이렇게 좋은데 왜 고기잡이 안 나가세요?"

"벌써 아침에 나갔다 왔소."

"많이 잡으셨어요?"

"다시 나갈 필요가 없을 정도는……."

여행자는 걱정스러운 눈빛으로 다시 묻습니다. "그렇지만 두 번, 세 번 나가면 더 많이 잡을 수 있을 텐데요?"

"그렇게 고기를 많이 잡아 뭐하게?" 늙은 어부가 심드렁하게 묻습니다.

"그럼 당신은 낡은 어선을 엔진이 달린 범선을 바꿀 수 있겠 지요. 그럼 훨씬 더 많은 고기를 잡을 수 있을 테고요."

"그래서?"

"그리되면 작은 냉동창고도 지을 수 있고, 훈제제조공장이 나 생선소스공장을 차리면 더 많은 돈을 벌겠지요." 여행자 는 스스로 감격하면서 이야기를 이어갔습니다.

"그렇게 되고 나면 뭘 하지?"

"아, 그렇게 되면 할아버지는 더 이상 일하지 않아도 될 겁니 다. 항구에 느긋이 앉아서 햇볕을 쬐며 졸 수 있겠지요. 저 아름다운 바다를 감상하면서요."

할아버지는 대답합니다. "나는 이미 항구에 느긋이 앉아서 졸고 있었소. 당신 말대로."

꾸뻬가 만난 친구 뱅쌍은 기업합병을 하는 큰 회사에서 다녔습니다. 꾸뻬보다 훨씬 많은 돈을 벌었지만 꾸뻬보다 훨씬 많은 일을 해야 했습니다. 뱅쌍은 300만 달러를 벌고 나면 일을 그만둘 거라 합니다. 그러면 편히 쉬면서 행복해질 수 있을 거고요. 그때까지는 현재의 불행한 인생을 참겠답니다. 뱅쌍처럼 많은 사람들이 행복이란 '미래의 어떤 기준을 통과했을 때'라 믿습니다. 대학에 가고, 취직을 하고, 돈을 벌고, 성공하는 순간들을 우리는 행복이라고 생각합니다.

하버드 대학교의 심리학과 교수인 대니엘 길버트(Daniel Gilbert)는 미래를 상상하는 행복은 부질없는 일이라 말합니다. 사람들은 행복한 미래를 상상하며 즐거워하고, 또 인생의 계획을 통해 시간에 대한 통제력을 갖기를 원하지만 사실상 그것은 불가능하기 때문입니다. 길버트 교수에 따르면 미래에 대한 예측은 언제나 빗나가게 되어 있습니다. 인간의 뇌라는 것은 같은 자극에 같은 반응을 나타내는 기계처럼 움직이지 않기 때문입니다. 과거의 추억은 언제나 아름답게 기억되고, 미래의 예측은 현

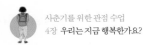

재 자신의 상황에 따라 조작됩니다. 인간은 미래를 상상하면서 불쾌한 기억은 제거하고, 주입된 환상은 강화시킵니다. 길버트 교수는《행복에 걸려 비틀거리다》라는 책에서 대표적인 거짓 신념 중에 하나가 바로 돈과 행복에 대한 신념이라고 합니다.

돈을 많이 벌기만 하면 행복할 것이라고 생각하지만, 실제 돈을 많이 벌기 위해 우리가 실행해야 하는 현재와 가까운 미래의 고난에 대해서는 생각하지 않습니다. 미래의 행복을 위해 열심히 달려가지만, 현재 내 옆을 지나가는 아름다운 꽃은 보지 못하는 것과 마찬가지입니다. 우리는 미래를 위해 현재를 준비해야 하는 것이 사실입니다. 문제는 미래의 대학과 미래의 직업을 위해서 우리가 살고 있는 지금 현재를 잊고 있다는 점입니다. 꾸뻬는 행복이 꼭 미래에만 있는 것은 아니라는 점을 말하고 싶어 합니다.

미래의 어느 날을 위해 지금 내 옆을 지나가고 있는 '행복해질 수 있는 기회'를 보지 못하는 것은 아닐까요? 꾸뻬는 우리의 인생은 현재의 수많은 순간순간들이 모여서 완성되는 것이라고 말합니다. 현재의 순간들이 불행하기만 하다면, 우리가 그토록 바라던 미래의 어떤 시점 역시 불행해질 것이라 경고합니다.

행복해질 수 있는 기회는 어떻게 찾을 수 있을까요? 러셀은 행복의 기회를 자주 만들기 위해서는 현재 자신을 둘러싸고 있는 것들에 더 많이 관심을 가지라고 합니다. 관심 분야가 많을수록 행복해질 기회는 더욱 많아지고, 불행의 여신에게 휘둘릴 확률이 적어진다는 것이죠. 아직 닥치지도 않은 문제에 빠져 걱정거리를 안고 산다면 시선을 돌려보세요. 호기심과 열정으로 다양한 관심사를 가진다면 우리는 더 많은 행복의 기회를 만날 수 있을 것입니다.

미래에 대비한다는 명목으로, 과거를 반성한다는 핑계로 지금의 내 삶을 낭비하고 있지는 않나요? 영국의 영성학자인 에크하르트 톨레(Eckhart Tolle)는 행복해지려면 내일이나 내년이 아닌 지금 이 순간으로 삶을 줍히라고 합니다. 내가 존재하고 있는 현재에 참다운 행복이 있기 때문입니다.

행복은 미래에 달성해야 할 어떤 목표가 아닙니다. 오히려 현재 우리가 겪고 있는 상태에 가깝습니다. 꾸뻬가 여행 중에 만난 또 다른 친구는 "행복이란 모든 생각을 멈추고 세상의 아름다움을 바라볼 시간을 갖는 것"이라고 말합니다.

지금 당장 행복해질 수 있는 걸 떠올려볼까요? 책에서 벗어나 학교 뒤뜰을 걸으면서, 친구와 쪽지를 나누면서, 그리고 사랑하는 가족들과 함께 있으면서 행복을 느낄 수 있을 거예요. 행복해질 기회가 있을 때마다 마음껏 그 기회를 누린다면 우리가 살아가는 하루하루가 조금은 덜 불행해질 수 있을 것입니다. 지금도 나의 행복은 내 옆에서 나의 관심을 기다리고 있습니다.

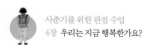

사춘기를 위한 관점 수업
4장 우리는 지금 행복한가요?

당신이 여행을 하고 있을 때 목적지나 방향을 아는 것은 확실히 도움이 됩니다. 그러나 잊지 말아야 할 것이 있습니다. 여행에서 궁극적으로 가장 중요한 것은 당신이 지금 내딛고 있는 걸음이라는 것을, 그것이 전부입니다.

———— 에크하르트 톨레, 《지금 이 순간을 살아라》 중에서

BOOK

《**꾸뻬 씨의 행복 여행**Le Voyage d'Hector ou la recherche du bonheur》

프랑수아 를로르François Lelord, 1953~ | 오래된 미래 | 2004

불행할 이유가 없지만
행복하지도 않은 사람에게 보내는 작은 위로

프랑수아 를로르가 환자들을 진료하며 얻은 경험과 생각을
바탕으로 쓴 행복에 관한 소설이다. 행복에 대해 잊고 있었던
평범한 진리를 정신과 의사 꾸뻬의 여행을 통해 들려주고 있
다. 2002년 출간된 후 12개국의 언어로 번역되어 유럽에서
가장 많이 읽히고 있는 책이라는 평가를 받고 있다. 정신과 의
사이면서 건축과 회화, 문학에 관심을 가진 프랑수아 를로르
는 현대인의 우울을 치료하기 위한 방법으로 글쓰기를 시작
했다고 한다.

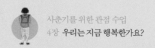

《**행복의 정복**Conquest of Happiness》

버트런드 러셀Bertrand Arthur William Russell, 1872~1970 | 사회평론 | 2005

사회정치사상가가 말하는
행복에 대한 상식

20세기 최고의 지성로 평가받는 버트런드 러셀이 쓴 행복에 이르는 상식적인 방법에 대한 책이다. 러셀은 영국의 귀족가문에서 태어났으나 영국의 제국주의에 반대하고, 1차 세계대전 당시 반전운동가로서 활약하면서 감옥에 수감되기도 했다. 이후 히틀러, 스탈린주의자, 전체주의에 반대하고, 미국의 베트남 전쟁에 대한 비판과 핵무장 반대운동에도 열렬히 참여했다. 1950년 러셀은 인본주의와 양심의 자유를 대표하는 다양하고 중요한 저술을 한 공로를 인정받아 노벨문학상을 받는다.

| 행복에 대하여 |

행복은 지금, 우리 주변에 있습니다.

행복이라는 것은 아주 극소수의 사람들에게나 해당되는 단어라고 생각하나요? 행복이 성적순이 아닌 것처럼, 돈이 많은 순서도 아니고, 나이가 많은 순서도 아닙니다. 지금은 불행하지만 대학만 들어가면, 직장에 취직하면 행복해질 거라 생각하나요? 버트런드 러셀은 행복은 지금 이 순간을 어떻게 받아 들이냐에 달려있다고 합니다.

좋아하는 사람과 '남친' 혹은 '여친'이 되면 행복해지겠죠? 꽃을 좋아하면 봄에 행복해질 것이고, 야구를 좋아하면 여름에 행복해질 거예요. 좋아하는 것들이 많아지면 더 많이 행복해질 수 있습니다. 내가 언제 행복감을 느끼는지 곰곰이 생각해 보세요. 지금부터 좋아하는 관심 분야를 넓혀 보세요. 그러면 행복할 기회를 더 많이 갖게 되겠죠? 러셀은 행복해지는 최고의 방법으로 책을 추천합니다. 책을 좋아하게 되면 일 년 내내 행복해질 수 있으니까요. 책을 읽을 기회는 야구를 관람할 기회보다 훨씬 많잖아요.

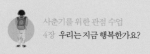

5장

오크와 훈녀를 아시나요?

《**도리언 그레이의 초상**》: 오스카 와일드 & 《**소비의 사회**》: 장 보드리야르

얼짱의 시대

•

종이를 한 장 꺼내 보세요. 그리고 그 위에 자신의 장점과 단점을 열 개씩 써보세요. 생각보다 쉽지 않죠? 제가 청소년들과 함께 하는 상담시간에 꼭 하는 것이 '자신의 장점과 단점 찾기'입니다. 자신의 장점과 단점을 발표하고 장점은 칭찬하고 단점은 어떻게 하면 고칠 수 있는지 아이들 스스로 자신을 돌아보는

기회를 갖도록 합니다.

중학교 1학년인 진영이는 자신의 단점 열 가지 중에 일곱 가지를 외모에 대한 것으로 채웠습니다. '얼굴이 각지다, 피부가 까맣다, 어깨가 넓다'부터 '손가락 마디가 두껍다'까지 머리부터 발끝까지 자신의 외모를 '냉철하게' 평가하고 있었죠. 그런데 장점은 다 채우지 못하고 다섯 개만 써냈습니다. 그나마 세 가지는 역시나 외모에 관한 것이었습니다.

"진영아, 얼굴이 각지거나 피부가 까만 건 단점이 아니야."

"못생겼다고 놀리는데 그게 왜 단점이 아니에요?"

"그건 단점이 아니고 그냥 너의 특징이야. 얼굴이 각졌어도 피부가 까매도 아름다운 사람은 얼마든지 있잖아."

"그거야 다른 덴 다 이쁜데, 얼굴만 각진 사람 얘기죠. 저는 얼굴도 각지고 뚱뚱하고 여하튼 전체적으로 안 예쁘잖아요."

"우리가 지금 이야기 하는 단점은 같이 생각해 보고 고칠 수 있는 걸 이야기 하는 건데, 얼굴이 각진 건 고칠 수가 없잖아."

"수술하면 고칠 수 있는데요."

외모는 특성에 불과하다는 저의 주장은 청소년들에게 전혀 공감을 받지 못했습니다. '외모도 경쟁력이다', '예쁜 게 착한 것이다'라는 말이 진리가 되어 버린 사회에서 살고 있는 청소년들에게 제가 너무 진부한 이야기를 떠들어 댄 것 같습니다.

청소년들이 외모를 자신의 '특성'으로 인식하지 않고 '단점'으로 인식하고 있는 것은 태어나면서부터 접하게 된 외모와 관련된 편견들 때문일 것입니다. 키가 작은 것은 '좋거나', '나쁜 것'이 아니라 그저 사실을 표현하는 것뿐이라면, 키가 작은 것은 단점이 되지 않았겠지요. 그런데 이미 우리 사회는 사람들의 외모에 많은 가치, 때로는 극단적인 가치를 부여하고 있습니다.

사회 전체적으로 외모에 대한 관심은 점점 높아지고 있습니다. 국민들의 80%가 외모는 경쟁력이라고 생각하고, 75%가 외모 가꾸기에 신경을 쓰고 있습니다. '얼짱', '몸짱'이라는 단어가 온 사회를 뒤덮고 있습니다. 연예인은 물론이고 운동선수, 정치인, 기자나 기상캐스터 심지어는 어쩌다가 카메라에 찍힌 보통 사람들까지 얼짱과 몸짱을 가려내기 바쁩니다.

얼굴이나 몸매에 대한 평가는 얼짱과 몸짱이 아닌 사람들에게 고스란히 편견과 차별의 요인으로 작용합니다. 키가 큰 것이 칭찬과 부러움의 대상이 된다면 키가 작은 것은 차별과 무시의 대상이니까요. 어릴 때부터 들었던 친척들과 동네 어른들의 외모에 대한 평가, 그리고 학교생활을 하면서 받은 교묘하고 예민한 차별, 친구들 간의 조롱과 놀림은 우리의 외모적 특성들을 단점으로 만듭니다.

외모와 관련된 문제는 청소년기의 특징만은 아닙니다. 젊은이들은 취업성형을 하고, 어른들은 책을 사는 것보다 외모를 가꾸는데 훨씬 더 많은 돈을 씁니다. 어느새 한국은 세계에서 성형수술을 가장 많이 하는 '성형제국'이 되어 버렸습니다. 외모지상주의가 사회 전체를 흔들어 대고 있는 마당에 청소년들에게 '중요한 건 외모가 아니라 내면이다'라는 충고는 '행복은 성적순이 아니다'라는 말만큼이나 허무할 뿐입니다.

여학생들은 효과도 검증되지 않는 페이스 롤러, 집게로 셀프 성형을 하고, 살을 빼기 위해 오늘도 급식받은 밥을 덜어냅니다. 남학생들은 키가 작다는 이유로 왕따를 당하기도 하고, 뼈가 성장하는 시기에 깔창을 까느라 척추가 휘어지고 있습니다. 방학 기간 성형외과에서는 학생들을 위한 특별할인을 해주고, 졸업식에는 졸업선물로 받은 쌍꺼풀을 자랑합니다. 청소년들이 가입하는 인터넷 카페에는 자기 얼굴을 찍은 사진을 올려놓고 오크, 흔남 · 흔녀, 훈남 · 훈녀 등의 등급을 받으려고 기다리고 있습니다. 마치 아름다워지기 위해서라면 악마에게 영혼이라도 팔 기세입니다.

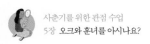

아름다움을 위해 악마와 거래한 청년

●

수려한 외모와 화려한 패션센스로 유명했던 소설가 오스카 와일드(Oscar Wild)가 쓴 《도리언 그레이의 초상》에는 자신의 아름다움을 위해 악마와 거래한 청년이 등장합니다. 사실 도리언 그레이는 냉소적인 현실주의자 헨리 워튼을 만나기 전까지는 소박하고 아름다운 성품을 가진 청년이었습니다. 자신이 아름답다고 생각조차 해본 적이 없었습니다. 그런 그에게 헨리 워튼은 끊임없이 '아름다움의 미덕'에 대해 이야기 합니다. 아름다움만 있다면 세상의 무엇이든 가질 수 있으며, 세상에 존재하는 모든 쾌락과 기쁨을 얻을 수 있다며 도리언을 유혹합니다.

병들고 힘든 사람을 위해 봉사하려는 도리언에게 '삶의 아름다움과 기쁨'만이 가치 있는 것이니 '추하고 끔찍한' 사람들의 고통은 외면하라고 충고합니다. 도리언이 인간의 책임과 의문에 대해 고민하려는 찰라 "책을 너무 많이 읽어 미모를 해치지 말라"고 걱정해줍니다.

> 사람들은 가끔씩 아름다움은 껍데기일 뿐이라고 말하곤 하는데 어쩌면 그게 맞는 말일 수도 있어요. 하지만 적어도 사람들이 생각하는 만큼 피상적이진 않아요. 나에게 최고로 경

> 이로운 것은 아름다움이에요. 외모로 판단하지 않는 사람은 깊이가 없는 사람이죠. 세상의 진정한 신비는 눈에 안 보이는 것이 아니라 눈에 보이는 것이거든요. ──《도리언 그레이의 초상》

도리언은 헨리 워튼을 만나 아름다움과 젊음에 대해 이야기하다 자신의 본성을 깨닫기 시작합니다. 드디어 가슴 깊이 비밀스러운 은신처에 숨어 있던 그의 허영이 욕망과 만나게 됩니다. 급기야 도리언은 순수한 아름다움을 내뿜고 있는 그의 초상화 앞에서 악마에게 맹세를 합니다. 아름다움을 영원히 유지한 채자신의 초상화가 대신 늙어간다면 자신의 영혼을 팔겠다고요. 그 기도로 도리언은 영원히 젊고 아름다운 얼굴을 갖게 됩니다. 그러나 그는 아름다운 외모를 바탕으로 세속적인 쾌락에 빠져들어가고, 점점 그의 순수함을 잃어갑니다.

소설에서나 등장하는 허무맹랑한 이야기라고 웃어넘길 수만은 없습니다. 한 언론사가 고등학생들에게 '키만 클 수 있다면 ○○도 할 수 있다'라는 설문조사를 한 적이 있습니다. 학생들은 어떤 답변을 했을까요? '키만 클 수 있다면 감옥에라도 가겠다, 재수도 할 수 있다, 평생 혼자 살 수 있다'고 대답했습니다. 심지어 그 중에는 '노예라도 되겠다'는 친구도 있었습니다. 미모를 위해 영혼을 팔아버린 도리언과 훤칠한 키를 위해 노예라도 되겠

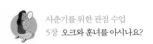

다는 우리들이 많이 다를까요?

자신의 외모에 대해 냉철한 평가를 내렸던 진영이는 장점이 무척 많은 아이였습니다. 일주일간의 교육프로그램 동안 다른 사람의 이야기를 잘 들어주고, 처음 본 친구와도 금방 친해지는 활발한 성격을 가졌습니다. 쉬는 시간이면 아무도 치우지 않는 과자봉지를 쓰레기통에 넣고 오는 배려심도 보였습니다.

이런 진영이가 자신의 장점에 대해서는 다섯 가지밖에 생각해 내지 못했지만, 외모의 단점에 대해서는 마치 준비라도 하고 있듯이 뱉어냈습니다. 자신이 가진 장점은 잊어버리고, 외모에만 집착하고 있는 진영이는 '외모'라는 이름의 악마에게 한 손을 내준 건 아닐까요? 외모에 대한 집념과 욕구만으로 가득 차 현재의 행복이나 미래에 대한 희망은 생각하지도 못한다면 내 인생을 악마에게 판 것과 무엇이 다를까요.

예뻐져야 한다는 강박

●

우리에게 '아름다움'의 유혹을 던져 준 헨리와 같은 친구가 없다는 것은 무척 다행입니다. 하지만 아직 안심하기는 이릅니다. 우리에게 헨리 워튼보다 더한 친구가 있으니까요. 바로 잡지, 인터넷, TV입니다.

그것들은 끊임없이 우리에게 아름다워지라고 유혹합니다. '당신은 소중하니까' 아름다워져야 하고, '여자라서 행복해지려면' 아름다워져야 합니다. '성공한 남자의 당당한 자신감'을 갖기 위해서 아름다움은 필수 조건입니다. '아름다워지라'는 유혹은 미디어를 통해 지속적으로 반복되고 우리들에게 강력하게 각인됩니다. 뚱뚱한 사람들을 모아놓고 살빼기 경쟁을 시키거나, 못생긴 사람들에게 성형수술을 시켜 주는 TV 프로그램까지 생겨났습니다. 못생긴 사람들은 비웃음과 조롱의 대상을 만들어 놓고는 "너도 예뻐질 수 있어. 이래도 안할 거야?"라며 위협합니다. 이제 우리는 유혹에 굴복하라는 헨리의 말에 따를 수밖에 없는 지경에 이르렀습니다.

> 유혹을 없애는 유일한 방법은 그 유혹에 굴복하는 거예요. 유혹에 저항하려 들면, 당신 영혼은 스스로 금지한 것에 대한 갈망과 기이하고 비합법적인 것들에 대한 욕망으로 병이 들 겁니다. 그레이, 당신은 정말 아름다워요. 아름다움은 천재성의 한 형태에요. 아름다움은 신성한 주권을 가지고 있는 것이니까 아름다움을 가지고 있는 사람은 왕자가 되지요.

———《도리언 그레이의 초상》

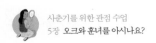

프랑스의 사회학자인 장 보드리야르(Jean Baudrillard)는《소비의 사회》라는 책에서 현대인들의 욕망과 소비를 분석하고 있습니다. 보드리야르에 따르면 현대사회는 돈이 많고 적음만으로 계급이 분류되지 않습니다. 문화와 교양을 지녀야 하고, 눈부신 외모가 뒷받침 되어야 합니다.

이제 사람들은 필요해서 물건을 사는 것이 아니고 자신의 우월함을 입증하기 위해서 소비를 합니다. 타인과의 비교우위를 위한 소비의 특징은 그 욕망이 무한하다는 점입니다. 배가 고플 때 먹을 수 있는 음식의 양은 한계가 있지만, 남들보다 더 좋고 더 비싼 음식을 먹고자 하는 욕망은 끝이 없습니다. 보드리야르는 이렇게 무한하게 증가하는 대중의 소비 욕구가 현대 자본주의를 유지하는 원동력이라고 보고 있습니다.

현대 자본주의 사회는 사람들이 계속 소비할 수 있도록 인간의 욕망을 끝없이 확장시킵니다. 그래서 우리는 점점 더 많은 것을 욕망하고 더 많은 소비를 하게 됩니다. 보드리야르는 인간의 육체야 말로 소비사회의 욕망이 응축되어 나타난 것이라고 지적합니다. 예전 사람들이 커텐을 달고 양탄자를 깔면서 집을 꾸몄듯이, 현대 자본주의 사회에서는 인간의 몸에 돈을 쓰기 시작합니다. 육체보다 영혼이 소중하다 했던 시대에는 영혼을 더럽히면 연옥의 지옥불에 떨어졌습니다. 하지만 현대에는 육체에 애착을 갖지 않고 게을리 하면 고통받게 되리라 협박하며 육체에 대한 소비의 강요가 시작됩니다.

> 소비대상의 파노플리* 중에는 그 어떤 것보다도 아름답고 귀중하며 멋진 사물, 그것은 육체다. 수세기 동안 육체보다 영혼이 소중하다고 설득시켜온 종교 대신 이번에는 광고가 여러분은 멋진 육체를 갖고 있다고 설득시키고 있다. 자본주의 사회에서 육체 그 자체와 육체를 이용한 사회적 활동 및 정신적 표상은 사유재산 일반과 똑같은 지위를 부여받고 있다.
>
> ──《소비의 사회》

대중의 소비욕구는 광고와 선전에 의해서 더욱 확대됩니다. 특히 타인과의 비교와 경쟁의 심리를 이용한 광고들은 가장 효과적으로 대중의 소비를 촉진시킵니다. 얼음 정수기를 가진 옆집에 다녀온 꼬마가 "엄마! 우리 집은?"이라며 동그란 눈동자를 굴리는 순간 남들에게 뒤떨어지지 않기 위해서 우리는 새로운 정수기를 구입합니다. TV에서는 나와 비슷한 또래의 아이돌이

---

* 파노플리(Panoplie)는 프랑스어로 한 세트, 집합이라는 뜻입니다. 어린아이가 장난감 의사놀이세트를 사용하면서 마치 자신이 의사가 된 듯한 기분을 느끼는 것처럼 사람들이 특정 제품을 소비하면서 같은 제품을 소비하는 사람들과 동일한 집단이라고 여기는 현상을 말합니다.

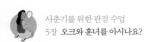

티끌 한 점 없는 피부에 쭉 뻗은 각선미를 자랑합니다. 그들이 마시는 음료를 마시고, 그들이 입는 옷을 입으면, 너도 아이돌처럼 보일 수 있다며 '지갑을 열라'고 부추깁니다. 우리는 연예인의 다이어트법을 따라하고, 그들의 화장법을 배우고, 그들이 입은 옷을 사기 위해 노력합니다.

미디어와 광고는 우리에게 너희들도 아름다워질 수 있다고 격려하고 있지만 사실 우리들은 미디어와 광고가 보여주는 세계만큼 아름다워질 수는 없습니다. 프랑스의 사회학자이며 영화제작자이기도 한 기 드보르(Guy Debord)가 《스펙타클의 사회》라는 책에서 말한 것처럼 마치 진짜처럼 보이는 미디어의 세계는 실제로는 이루어질 수 없는 허상일 뿐이기 때문입니다. 가상으로 만든 세트에 컴퓨터 전문가의 기술로 만들어진 모습이지 현실에 존재하는 모습이 아닙니다.

외과적 수술을 통하지 않고서는 개미허리에 풍만한 가슴을 가질 수 없습니다. 컴퓨터 전문가의 부드러운 터치기술이 아니고서는 광고에 등장하는 극세사 다리는 존재하지 않습니다. 카메라의 '뽀샤시' 기능을 통하지 않고서는 아이돌이 자랑하는 찹쌀떡 피부는 불가능합니다. 결국 우리는 가상의 현실을 동경하며 지속적으로 우리의 부족한 점을 억지로 찾아가면서 스스로를 괴롭히고 있는 것입니다.

아름다움 앞에 나의 내면은 울고 있다

●

영원한 아름다움을 가지게 된 도리언은 헨리의 말처럼 신성한 주권을 휘두르는 왕자가 되었을까요? 도리언이 얻은 것은 영원한 아름다움만이 아니었습니다. 그 대가로 자신의 양심을 기록하는 초상화도 얻었습니다. 세상 사람들의 칭송과 부러움을 한 몸에 받고 있지만 자기 대신 추하게 늙어가는 초상화를 숨겨야 했습니다.

　도리언은 자신의 비밀이 탄로날까봐 두려웠습니다. 그는 벅찬 공포를 홀로 감당해야 했습니다. 주변의 사랑하는 사람들을 잃어야만 했고, 초상화의 비밀을 지키기 위해 살인까지 서슴지 않았습니다. 그리고 그 방황과 공포를 이기기 위해 매음굴과 아편굴을 찾아다닙니다. 오로지 '추악함만이 유일한 실체'인 곳에서만 편안함을 느낄 수 있었기 때문입니다.

> 시체에 구더기가 들끓듯, 캔버스에 물감으로 그린 얼굴에는 그의 죄악이 들끓을 것이다. 그 죄악들이 초상화의 아름다움을 망가뜨리고 우아함을 갉아먹을 것이다. 결국에는 초상화를 완전히 더럽히고 추악하게 만들 것이다. 그럼에도 불구하고 이 초상화는 계속 살아남고 영원토록 살아 있을 것이다.

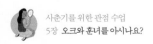

도리언은 사람들의 숭배를 받는 아름다운 자신과 어두운 방에 몰래 감추어둔 역겨운 초상화 속에 있는 또 다른 자신 사이에서 방황합니다. 도리언은 아름다운 외모를 취하고, 초상화는 도리언의 내면의 양심을 가져가 버립니다. 도리언에게서 떨어져나간 내면의 양심은 그를 끊임없이 괴롭힙니다. 결국 도리언은 자신의 양심을 나타내는 초상화를 없애버리기로 합니다. 자신의 과거를 죽이고 초상화를 없애버리면 자신은 평화를 누리게 될 것이라고 생각합니다.

도리언은 날카로운 칼을 들어 그림을 힘껏 찔렀습니다. 그리고 잠시 후, 아름다운 초상화 앞에는 칼에 꽂힌 채 죽어 있는 주름투성이의 야위고 흉측한 시체가 발견됩니다. 바로 도리언 그레이였습니다.

보드리야르에 따르면 도리언의 방황은 당연한 것입니다. 나의 욕구가 진정한 나를 반영하지 않을 때, 나의 행위가 나에게 이해되지 않을 때, 나의 행동이 나의 의지에 의한 것이 아닐 때 우리는 더 이상 우리의 정체성을 찾을 수 없습니다. 이때 나는 나 자신에게 하나의 타자(他者)가 됩니다. 보드리야르에 따르면 '소외'되고 마는 것입니다. 그러나 나에게서 떨어져 나간 나는 그냥 사라지지 않습니다. 도리언에게서 떨어져 나간 양심이 끊임없이 그를 따라 다니며 복수하고, 결국 도리언을 죽음으로 이끌 듯, 나에게서 떨어져 나간 나는 끊임없이 나를 괴롭힙니다.

> 소외된 인간이란 쇠약하고 가난한 그렇지만 그 본질은 변하지 않은 인간이 아니라, 자기 자신에 대해 악이 되고 적으로 변한 인간이라는 사실이다. 우리로부터 떨어져 나간 우리 일부는 우리를 끊임없이 따라다닌다. 빼앗긴 것은 복수를 한다. 즉, 망상이 되어 달라붙는다. 팔리고 잊혀진 우리의 이 부분은 여전히 우리 자체, 아니 오히려 우리를 쫓아다니며 구속하고 복수하는 망령인 것이다.
>
> ──《소비의 사회》

온갖 성형수술과 식이요법, 그리고 전문가들의 포토샵으로 만들어 놓은 가상의 이미지를 보면 갑자기 내가 너무 못나 보입니다. 그래서 어떻게든 그 이미지처럼 되고자 애씁니다. 진정 내가 하고 싶은 것은 알지 못한 채 미디어와 광고가 만들어 놓은 욕망에 빠져버립니다.

'먹지 마세요, 피부에 양보하세요'라는 광고 카피처럼 우리 신체에 영양을 주고 움직이며 살아가는 것보다 더 중요한 것은 하얗고 투명한 피부가 되어 버렸습니다. 다이어트를 하느라 굶기

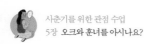

와 폭식을 반복하면서 내 몸속 장기는 하나씩 버려지고 있습니다. 갸름한 얼굴을 만드느라 턱뼈를 깎아 내고, 큰 키를 갖기 위해 멀쩡한 다리뼈를 잘라냅니다. 더 이상 내 얼굴과 내 몸은 사랑하고 존중받아야 할 나의 일부가 아니라 탄압하고 억압하고 바꾸고 고쳐야 할 대상이 되어 버리고 맙니다.

더욱 중요한 것은 아름다움의 경쟁에서 우리는 절대 이길 수 없다는 점입니다. 우리가 도달해야 하는 미의 기준은 나날이 높아지고 복잡해지고 있으니까요. 단순히 키가 커야만 하는 것이 아니고 다리도 길어야 합니다. S라인도 모자라 V라인까지 만들어야 하고, 얼굴만 예쁜 것도 모자라 베이글녀가 되어야 합니다. 하나의 기준에 도달하고 나면 또 새로운 기준이 생겨 버립니다. 끊임없이 신상품이 나와 소비욕구를 부추기듯 아름다움의 기준도 계속 새로워지고 있습니다.

눈이 마음에 안 들어서 눈을 고치고 나면 코가 마음에 들지 않습니다. 코를 고치고 나면 이마가 마음에 안 들고, 이마를 고치고 나면 다시 고친 눈이 마음에 들지 않습니다. 결국 아름다워지고 싶은 우리의 욕망은 무한하게 증대하고 결코 우리의 욕망은 채워질 수 없습니다. 현실엔 존재하지도 않는 아름다움을 쫓고 있는 우리는 불안하고, 피로하며, 고통스럽습니다.

새로운 유형의 폭력이 '목적이 없는' 것과 같이 현대의 피로에도 '이유가 없다'. 그것은 근육의 피로나 체력의 소모와는 무관하며 육체의 혹사 때문에 생기는 것도 아니다. 소비사회의 영웅은 지쳐 있다. 소비과정은 기회를 균등히 하거나 사회적 경쟁을 완화시키기는커녕 오히려 모든 형태의 경쟁을 격화시킨다. 소비하는 것에 의해 우리는 마침내 경쟁상태가 보편화되고 전체주의화된 사회에 살게 되었다. ___《소비의 사회》

우리는 우리의 얼굴과 몸을 고치느라 온 힘을 다해 달리고 있습니다. 스트레스와 콤플렉스라는 망령을 등에 업은 채 말이죠. 심리학자들은 이러한 상태를 '욕망의 트레드밀(Hedonic Treadmill)'이라고 불렀습니다. 이제 그 러닝머신에서 내려와야 합니다. 러닝머신 위에서 계속 뛰어도 우리는 우리가 원하는 것을 결코 얻을 수 없기 때문입니다. 일단 러닝머신에서 내려오면 우리가 원하던 것이 실제로는 우리가 원하던 것이 아니었다는 것을 깨달을 수 있습니다.

더 이상 나를 방치할 수는 없다

●

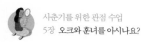

진영이는 뚱뚱하지만 친구들의 말을 잘 들어줍니다. 각진 턱과 까만 피부를 가졌지만 다른 사람을 위할 줄 아는 사려 깊은 아이입니다. 우리는 배려심 깊은 나의 마음은 발견하지 못하고, 뚱뚱한 나를 미워합니다. 사람들을 잘 도와주는 나의 마음은 못 본 척하고 각진 턱과 까만 피부를 싫어합니다.

도리언이 자신에게서 양심을 떼어냈듯 우리는 우리의 외모를 우리로부터 떼어냅니다. 나의 존재 그 자체로 나를 사랑하지 못하고, 나에게서 떨어져 나간 외모만을 미워합니다. 도리언이 자신으로부터 떼어놓은 양심 때문에 고통을 받고 있다면, 우리들은 끊임없이 미디어와 광고에 의해 주입되는 이상형과의 격차로부터 비롯되는 스트레스와 콤플렉스로 고통받고 있습니다. 이제 나는 사라지고 없습니다. 뚱뚱한 나, 여드름이 많은 나, 다리가 짧은 나, 눈이 작은 나만이 나를 지배하고 있습니다.

《지선아, 사랑해》의 저자 이지선 씨는 10년 전 교통사고로 얼굴을 포함한 전신에 돌이킬 수 없는 화상의 상처를 갖게 되었습니다. 예쁜 외모 때문에 사람들의 관심을 받던 그녀는 이제 흉하게 변해버린 얼굴 때문에 사람들의 시선을 받게 되었습니다. 그러나 그녀는 자신이 당한 불행을 받아들이고, 소외된 사람들을 위해 일하려고 지금은 미국의 대학에서 사회복지학 박사과정을 밟고 있습니다.

이지선 씨는 뽀얀 피부도, 큰 눈망울도, 오똑한 콧날도 갖지 않았습니다. 그렇지만 그녀는 스스로도 아름답다고 생각하고 있으며, 그녀의 이야기를 들은 많은 사람들 역시 그녀가 아름답다고 생각합니다. 이지선 씨의 책 제목이기도 한 "지선아, 사랑해"는 사고 후 그녀가 거울을 보며 자신에게 했던 말입니다.

이제 뚱뚱하고 작은 눈을 가진 나를 바라보세요. 포토샵으로 만들어진 종잇장 몸매는 내가 아닙니다. 나를 진정 아름답게 보이게 하는 것은 쌍꺼풀 수술이 아니라 세상을 아름답게 바라보는 눈동자입니다. 나를 멋있게 보이게 하는 방법은 키높이 구두가 아니라 상대방과 눈높이를 맞추기 위해 꿇어주는 무릎일 수도 있습니다. 영화 〈로마의 휴일〉의 주인공 오드리 햅번은 아름답습니다. 그러나 그녀를 더욱 아름답게 기억하는 것은 대장암으로 투병하면서도 아프리카 어린이들을 위해 헌신적으로 봉사했던 늙고 주름 가득했던 그녀의 얼굴입니다.

힐러리 클린턴(Hillary Clinton)을 아시죠? 남편인 빌 클린턴(Bill Clinton)을 미국 대통령으로 만들었던 당찬 영부인이며, 미국 첫 여성 대통령에 도전하고, 미국의 상원의원과 국무부장관을 지낸 정치인이기도 합니다. 힐러리도 어릴 적 외모콤플렉스에 시달렸다고 합니다. 얼굴은 온통 주근깨투성이에 두꺼운 뿔테안경을 끼고 다녔습니다. 빌 클린턴이 주지사 선거에 나갔을 때 부인이

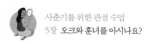

너무 꾸미지 않는다고 비난을 받기도 했습니다. 그래서 그녀는 더더욱 외모에 신경을 써야했습니다.

그런 그녀가 미국의 국무부장관 자격으로 방글라데시를 공식 방문했을 때, 머리카락은 다듬어져 있지 않았고, 맨 얼굴에 안경을 쓰고 기자들 앞에 나타났습니다. 기자들이 그녀에게 노메이크업의 이유에 대해서 묻자 그녀는 담담하게 말했습니다.

"나는 내가 안경을 쓰고 싶을 때 안경을 쓸 것이고, 머리를 다듬고 싶을 때만 다듬을 거예요. 인생의 어느 순간 외모는 너무 많은 시간과 정성을 기울일만한 일이 아니라는 것을 깨달았죠. 다른 사람들이 내 외모에 대해 이러쿵저러쿵 말한다면, 그냥 그렇게 지껄이도록 내버려 두는 수밖에요."

BOOK

《도리언 그레이의 초상 The Picture of Droan Gray**》**
오스카 와일드Oscar Wilde, 1854~1900 | 열린책들 | 2010

탐미주의자의 대표주자,
오스카 와일드가 쓴 아름다움의 본질

시대의 패셔니스타이자 댄디보이인 오스카 와일드의 소설이다. 와일드는 멋진 말솜씨와 화려한 패션으로 영국 사교계의 유명인사였지만, 동성애 스캔들로 유죄판결을 받고 영국을 떠나 파리에서 외로운 죽음을 맞이한다. 괴짜 천재였던 그는 '예술을 위한 예술'이라는 기치 아래 탐미주의 운동에 동참했다. 세상에서 가장 아름다운 살인자의 이야기라는 매력적인 소재를 가진 《도리언 그레이의 초상》은 몇 차례 영화화되기도 하였으며, 고딕호러의 고전으로 평가받고 있다.

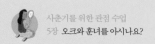

《**소비의 사회** La Société de Consommation》

장 보드리야르 Jean Baudrillard, 1929~2007 | 문예출판사 | 2004

주입된 욕망과 끝없는 환상으로 강요된
현대인의 소비

프랑스의 대표적 사상가로 시뮬라시옹 이론의 창시자인 장 보드리야르의 책이다. 보드리야르는 미디어와 이미지를 통해 현실과 가상세계의 경계가 없어진 점을 지적하며 현대사회를 '복제사회'라고 명명했다. 가상현실과 실제의 혼동, 실제보다 더 실제 같은 가상현실을 주장하고 있어, 영화 〈매트릭스〉의 철학적 기반이라고도 알려져 있다. 보드리야르는 복제현실 속에 조작된 욕망을 주입당하고, 그로 인해 자신이 욕망하지도 않는 것들을 소비하기 위해 피로해지는 현대인을 묘사하고 있다.

관점
UP

| **아름다움에 대하여** |

자세히 봐야 예쁘다. 오래 보아야 사랑스럽다.

너도 그렇다.

아직도 찹쌀떡 피부를 원하나요? 극세사 다리를 갖기 위해 랩을 감고 있는 건 아니지요? 찹쌀떡은 먹는 것이고, 극세사는 이불에나 쓰는 거예요. 우리들은 인간이지 식품이나 천 쪼가리가 아니잖아요. 스스로를 물건으로 비하하지 마세요. 물건은 예쁘기만 하면 살 수 있지만, 인간은 예쁘기만 해서는 좋아질 수 없습니다.

가장 친한 친구를 떠올려 보세요. 그 친구가 얼굴이 예뻐서 좋아하나요? 엄마아빠가 예쁘고 잘생겨서 아들딸을 좋아하나요? 좋아하고 사랑하면 예뻐 보여요. 그러니까 오랫동안 바라보세요. 성형수술을 하지 않아도, 키높이 구두를 신지 않아도 우리들은 충분히 아름답습니다.

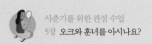

다른 엄마를 부탁해

《**딸들이 자라서 엄마가 된다**》: 수지 모르겐스턴 / 알리야 모르겐스턴
&《**가족, 부활이냐 몰락이냐**》: 프랑크 쉬르마허

가족, 천 개의 얼굴을 가지다

●

집에 돌아와 현관문을 열 때 어떤 생각을 하나요? '즐거운 곳에
서는 날 오라 하여도 내 쉴 곳은 작은 집 내 집뿐이리' 하며 행
복한가요? 누구나 한 번쯤은 불러봤을 노래 〈즐거운 나의 집
(Home Sweet Home)〉은 미국의 극작가이자 배우인 존 하워드
페인(John Howard Payne)이 만들었습니다. 그런데 그는 이 노

래를 짓고 친구에게 이런 편지를 보냈습니다.

"세계의 모든 사람에게 가정의 기쁨을 자랑스럽게 노래한 나 자신은 아직껏 내 집이라는 맛을 모르고 지냈으며 앞으로도 맛보지 못하고 말 것이오." 그는 평생 결혼도 하지 않고 집도 없이 떠돌며 살다가, 이 편지를 쓰고 1년 후 길거리에서 홀로 생을 마감합니다.

제가 만난 청소년들 중에는 '지금 가장 나를 괴롭히고 있는 것이 무엇이냐'는 질문에 지체 없이 '엄마'라고 대답하는 아이도 많았습니다. 경찰서에서는 범죄심리분석가가 소년범들을 대상으로 비행환경 요인 분석을 하고 있습니다. 청소년들을 범죄로 이끈 환경적 요인이 무엇인지 알아보는 것이죠. 마음 아프게도 적지 않은 청소년들이 아버지로부터의 잦은 체벌, 부모와의 불화와 같은 가족문제 때문에 비행에 빠져들고 있었습니다. 아마 존 하워드 페인이 〈즐거운 나의 집〉이라는 곡을 쓸 수 있었던 것은 단 한 번도 가족을 갖지 않았기 때문일지도 모릅니다.

심리학자 지그문트 프로이트(Sigmund Freud)는 '가족은 전쟁터'라고 단정합니다. 그는 세상 모든 아들은 어머니를 독차지하기 위해 아버지를 죽이고 싶은 오이디푸스 콤플렉스(Oedipus Complex)에 시달린다고 주장했습니다. 일본의 영화 제작자이자 코메디언인 키타노 다케시는 어릴 적 술주정뱅이였던 의붓아버

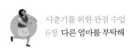

지와 엄격했던 어머니 밑에서 힘들게 자랐습니다. 그는 "가족이란 누가 보지만 않는다면 가져다 버리고 싶은 존재들"이라고 말합니다.

이쯤 되면 영국의 시인 필립 라킨(Philip Larkin)의 말대로 부모들은 자식을 망치고 결과적으로 부모 자신들도 망가질 뿐이고, 불행은 해안의 대륙붕처럼 날로 깊어지니, 최대한 빨리 끝장을 내고 아이를 낳지 않아야 할 것 같습니다.

누군가에게는 전쟁터였던 가족이 누군가에게는 행복의 원천이 되기도 합니다. 교육철학자 페스탈로치(Johann Heinrich Pestalozzi)는 의료봉사를 하던 인자한 아버지와 가족에게 헌신하는 어머니 밑에서 성장합니다. 그는 "이 세상 어떤 기쁨도 가정의 웃음만큼 큰 기쁨은 없다"고 말합니다.

마리 퀴리(Maria Curie)는 남편과 라듐을 연구하여 함께 노벨화학상을 수상하고, 이후 부모의 연구업적을 발전시킨 딸과 사위역시 노벨화학상을 수상합니다. 그녀는 "가족들이 서로 맺어져하나가 되어 있다는 것이 이 세상의 유일한 행복"이라고 말했습니다. 제가 만났던 한때 방황했던 소위 비행청소년들에게 마음을 잡게 된 계기를 물어보면 자신 때문에 눈물짓고 고생하던 부모님 때문이었다고 합니다.

우리들 역시 가족에게서 수없이 많은 감정을 느낍니다. 어떤 날은 가족들의 사랑에 목이 메는가 하면 또 어떤 날은 가족들이 나만 빼고 교통사고라도 나서 죽어버렸으면 좋겠다 싶기도 합니다. 부모님들이 보여주는 사랑에 왈칵 눈물이 나는 순간이 있는가 하면, 부모님이 보여주는 집착과 독선에 집을 떠나버리고 싶어지는 순간도 있습니다.

가족의 모습이란 존재하는 가족의 숫자만큼이나 또는 그 가족들이 살아온 날들만큼이나 다양합니다. 아무리 완벽해 보이는 가족이라도 그 안을 들여다보면 벽장 속 숨겨져 있던 해골처럼 수많은 문제들로 가득 차 있습니다. 또 아무리 불행해 보이는 가족이라도 그 안에는 끊을래야 끊어지지 않는 어떤 질긴 인연으로 이어져 있습니다.

가족은 완벽하게 행복하지도, 완벽하게 불행하지도 않은 모습으로, 슬픔과 분노 그리고 사랑과 집착 같은 인간이 가진 모든 감정을 느끼게 해주는 불가사의한 모습으로 우리 곁에 존재하고 있습니다.

왜 가족입니까?

●

가족에 대한 견해도 다양하고, 현실 속에서 보이는 가족의 모습

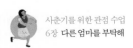

도 제각각이지만 단 한 가지는 분명합니다. 친구는 보기 싫다고 절교할 수도 있고, 부부도 성격이 안 맞는다고 이혼할 수도 있습니다. 하지만 가족은 우리가 떨쳐내지 못합니다. 내가 선택한 것도 아니지만 평생 동안 내 주변에 머무르면서 지속적으로 그리고 강하게 나의 인생에 영향을 주는 관계가 가족입니다.

독일의 저널리스트 프랑크 쉬르마허(Frank Schirrmacher)는 책 《가족, 부활이냐 몰락이냐》에서 가족이 얼마나 중요한지 알려줍니다. 쉬르마허는 가족관계가 지니는 특성을 분석하기 위해서 심리학자 조나단 사임(Jonathan Sime)의 연구 결과를 인용합니다.

1973년 영국의 섬머랜드 호텔에서 화재가 발생하였습니다. 당시 3000여 명의 사람들이 휴가를 즐기고 있었는데, 불은 엄청난 속도로 번졌습니다. 51명이 사망하고 400명이 다친 큰 화재였습니다. 조나단 사임은 이 사건에서 인간들은 위급한 상황에 어떻게 대처하는지 놀라운 사실을 밝혔습니다.

갑자기 불이 나면 어떤 사람이 살아남을까요? 대부분 공포와 패닉에 쌓여 허둥대다가, 결국은 더 강한 자들만이 탈출구를 찾아 살아남았을 것이라고 생각합니다. 그러나 사임의 연구 결과는 사람들의 일반적인 추측과는 정반대였습니다. 결국 살아남은 것은 '가족'이었습니다.

가족과 함께였던 사람들은 위기의 순간 서로를 찾았습니다.

가족들은 혼란의 와중에서 서로를 잃지 않고 함께 도망치기 위해 사력을 다했습니다. 그들은 엄청난 희생을 무릅쓰고서도 다른 가족을 기다렸고, 출입구의 정반대 방향으로 뛰어가면서까지 가족과 함께 탈출하려고 노력했습니다. 이에 반해 친구들은 같이 온 사람들은 친구를 찾지 않았습니다. 오히려 불길과 연기 속에서 혼자 당황하며 허둥지둥 대다가 탈출의 기회를 놓치기도 했습니다.

> 친구들은 사방으로 흩어진 고독한 전사가 되었고, 가족은 번개 같은 속도로 정렬한 구조대가 되었다. 가족의 약점은 자극에 대한 반응 속도가 느리다는 데 있었다. 반면 강점은 자신을 두고 가지 않을 것이라는 믿음에 있었다. 친구들의 약점은 모두가 개인이 되어 버렸다는 것이고, 강점은 비상구를 빠르게 찾아냈다는 것이다. 모두의 마음속에는 원시시대의 신뢰가 깃들어 있다. 가족이 이성을 잃지 않을 수 있었던 이유도 바로 이 때문이다.
>
> ──《가족, 부활이냐 몰락이냐》

쉬르마허는 섬머랜드 화재 사건과 유사한 역사적 사례를 들어 가족관계의 특수성을 설명합니다. 19세기 80명의 미국인들이 서부로 이주하는 도중에 돈너계곡에서 눈폭풍에 고립되고 맙니

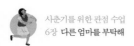

다. 이때에도 역시 살아남은 것은 건장하고 젊은 독신자들이 아니라 늙고 병들었지만 서로 의지하고 돕는 가족들이었습니다. 1995년 시카고의 기록적인 폭염으로 700명이 사망했을 때, 시카고에서 제일 가난한 지역인 사우스 론데일에 살고 있는 사람들은 거의 죽지 않았습니다. 제일 가난했지만 가장 많은 가족들이 모여 살고 있었고, 서로 신뢰하는 이들은 위기상황에서 서로의 생명을 지켜준 것입니다.

미국 카네기 재단에서는 '카네기 영웅기금 위원회'가 있습니다. 숨겨진 영웅을 찾아 상을 주는 위원회입니다. 타인을 위해 생명의 위험을 무릅쓴 사람들이나 목숨을 걸고 타인을 위해 희생한 무명의 영웅들을 찾아 그들의 정신을 기리기 위해서 만든 것입니다. 그런데 그 영웅들 중에서 친족을 구하기 위해 희생을 한 사람은 대상에서 제외합니다. 직감적으로 생각해도 너무나 당연한 일입니다. 이웃집 사람을 구하기 위해 불에 타는 주택을 뛰어든 사람과, 내 아들을 구하기 위해 물이 차오르는 강물에 뛰어든 사람의 희생정신을 똑같이 볼 수는 없기 때문입니다.

쉬르마허는 카네기 영웅기금 위원회의 예를 들어 가족관계가 여타의 인간관계와 구별되는 가장 큰 특징을 '조건 없는 이타심'이라고 말합니다. 친구관계나 동료관계에서는 언제나 주고받기의 대차대조표가 작성되지만, 일생 동안 상호 교환의 불균형이

발생하는 관계는 친족관계뿐이라는 것입니다. 타인을 위한 이타심과는 달리, 가족을 위한 이타심이 그에 대해 보상을 할 필요를 느끼지 못할 만큼 당연해 보이는 이유는 바로 여기에서 찾을 수 있습니다.

유산을 받기 위해서 부모를 죽이거나, 자기 친딸을 성폭행하는 인면수심의 가족관계를 제외한다면 누구나 자신이나 타인의 생명보다 가족의 생명을 더 귀중하게 여기게 마련입니다. 쉬르마허는 이것은 행복한 가정이든 불행한 가족이든 공통적으로 가지는 아주 원초적이고 원시적인 본능에 가깝다고 주장합니다.

> 가족은 다른 구성원이 지금 어디에 있는지 항상 알고 있는 사회 시스템이다. 그것을 모른다면 가족은 해체된다. 가족은 다른 구성원이 위험에 처할 경우 구조할 수 있도록 어디에 있는지 평생 알고 싶어 하는 유일한 조직이다.
>
> ──《가족, 부활이냐 몰락이냐》

쉬르마허의 주장대로 내 목숨보다 가족을 더 사랑한다는 게 사실이라면 왜 우리 가족은 행복하지 않은 걸까요? 로맨스 영화에서는 대개 우여곡절 끝에 서로의 사랑을 확인한 두 남녀가 멋진 키스를 하고 그 후로도 오랫동안 행복하게 삽니다. 그런데 우

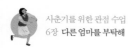

리 가족들은 서로 사랑한다는 걸 알면서도 왜 그렇게 자주 실망하고, 화내고, 싸우는 것일까요? 멋진 키스 한 번으로 서로의 오해를 푸는 영화 속 커플들과 달리 왜 엄마아빠와 나는 한 번에 화해가 되지 않는 걸까요?

섬머랜드 사건처럼 큰 화재가 난다면 엄마아빠는 목숨을 걸고 우리를 구하러 오실 거 같은데, 왜 평소에는 눈만 마주치면 공부하라고 잔소리를 하시는지 모르겠습니다. 엄마아빠 장례식에서는 목을 놓아 울 것이 분명한 우리들이지만 지금 당장은 빨리 어른이 되어 부모로부터 도망치고 싶을 뿐입니다. 우리는 언제쯤 서로를 이해하는 행복한 가정을 만들 수 있을까요?

사랑하는 그러나 이해하지 못하는

●

"아니, 어느 집 딸래미가 옷을 저렇게 요상하게 입고 다니나 했더니 내 딸이네."

어느 날, 학교에 다녀오는 길에 뒤에서 누가 부르는 소리가 나 돌아보니 엄마였습니다. 제가 대학을 다니고 있을 때 힙합바지가 유행했습니다. 그 당시 대부분의 학생들이 바지를 허리에 걸치지 않고 엉덩이 중간쯤에 걸치고, 바지 밑단은 바닥에 끌릴 정도로 길게 하고 거리를 쓸고 다녔습니다. 바지는 툭하면 발에 밟혀 더러워지고 밑단은 다 헤져서 너덜너덜해지기 일쑤였습니다.

길에서 만난 엄마는 제 바지를 한참 동안 쳐다보셨습니다. 그날 밤, 엄마의 눈에는 너덜너덜한, 제 눈에는 빈티지하고 멋스러웠던 청바지의 밑단은 정확히 발목 높이에서 잘려나갔습니다. 엄마는 바지 밑단을 자르고 깨끗하게 꿰매버린 것입니다. 저는 그 청바지를 다시는 입지 못했습니다. 대신 새 힙합바지를 사서 엄마 몰래 입고 다녀야 했습니다.

가족이 서로를 이해하지 못하는 것은 한국만 그런 것이 아닌가 봅니다. 프랑스의 동화작가 수지 모르겐스턴(Susie Morgenstern)은 그녀의 딸 알리야가 사춘기로 접어들어 엄마의 모든 말을 잔소리로 여기자 대화의 통로로 교환일기를 제안합니다. 옷차림, 쇼핑, 성적 등에 대해 엄마 입장, 딸 입장에서 릴레이로 쓴 일기가 책《딸들이 자라서 엄마가 된다》입니다. 일기를 쓰면서 엄마는 '열쇠를 잃어버린 비밀 일기장'과 같은 존재였던 딸의 생각을 조금 더 알게 되고, 딸은 사춘기 시절에 '고독한 성장의 탐색'이 만들어낸 고통이 또 다른 인간, 엄마에게도 역시 아픔이 되었다는 사실을 깨닫습니다.

월요일 아침, 학교에 가야하는 딸이 한 시간 동안이나 몸치장을 하고 있습니다. 결국 똑같은 옷을 입고 나갈 거면서 외출 준비

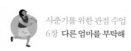

를 저렇게 오래하다니 엄마는 딸이 한심합니다. 그 시간 알리야는 사촌에게서 물려받은 옷들로 터져나갈 것 같은 옷장을 째려봅니다. 저녁에 친구와 영화를 보러 가기로 했는데 입을만한 옷이 없습니다. 갑자기 짜증이 확 밀려옵니다.

주말이 되자 엄마는 알리야에게 등산을 가자고 합니다. 공부에 지친 딸에게 휴식을 선물하려고 했던 거죠. 하지만 알리야는 계속해서 툴툴거립니다. 엄마는 이 아름다운 자연 앞에서 처음부터 끝까지 귀찮음, 비아냥거림, 표독스러움을 잃지 않고 있는 딸이 괴물처럼 느껴집니다. 딸도 엄마가 밉기만 합니다. 일주일 중에서 유일하게 늦잠도 자고 침대에서 뭉기적거릴 수 있는 날을 엄마가 망쳐버렸기 때문입니다. 산에 올라가면서도 자고 싶다는 생각뿐입니다.

학교에 다녀온 딸 알리야. 딸의 기분을 살펴보지만 어느 때와 마찬가지로 그리 좋아 보이지는 않습니다. 그래도 엄마는 어렵게 말을 붙여 봅니다.

"잘 지냈어?" 눈 딱 감고 해본 인사. 이거야말로 제대로 된 대화감이 아닌가.

"그렇지 뭐" 대화의 끝.

"오늘 학교에 별일 없었니?"

"없어." 퉁명스럽게 내뱉는 딸아이.

"뭐 새로운 일도 없구?" 노력하는 나.

"없어!" 딸아이의 신경질적인 반응, 결정타.

——《딸들이 자라서 엄마가 된다》

알리야는 대학입학 자격시험을 준비하고 있는 고3입니다. 안 그래도 요즘 기분이 엉망인데, "새로운 일도 없구?"라고 묻는 엄마에게 정말 할 말이 없습니다. '컴컴한 교실과 낡아 빠진 복도를 오락가락하면서 기계적으로 반복되는 목소리'에 질렸고, 수업 시간은 '아무 짝에도 쓸모없는 방정식을 배우느라 일분 일분 질질 끌며 흘러간 과거'의 반복일 뿐인데 새로운 일이 있을 리가 없잖아요!

저녁을 먹고, 책을 펴들고 책상에 앉아 숙제를 끝낸 시간은 열한 시 삼십 분. 알리야는 이 세상에 나를 이해해 주는 사람은 없다는 생각에 '외롭고, 초라하고, 슬픈 기분'에 잠이 듭니다.

엄마와 딸의 다른 생각은 시간이 지나면서 점점 더 그 간격이 넓어지고, 급기야 서로의 마음에 상처를 줍니다.

엄마는 생각합니다.

내가 가지고 싶어서 가졌고, 뱃속에 넣고 다녔고, 기저귀를

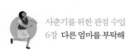

사춘기를 위한 관점 수업
6장 다른 엄마를 부탁해

갈아주고, 내 젖을 먹이고, 밤잠을 못 자가며 키운 이 아이를 사정없이 때려주고 싶다. 무섭게 노려보고 마구 물어 뜯어주고 싶다.

딸은 생각합니다.

시험점수를 잊어버리고 엄마 때문에 울고 있는 게 어느 순간부터인지 모르겠다. 엄마는 전혀 이해를 못하고 있다. 내가 일일이 설명을 해야 되나. 엄마가 됐으면 이해를 해야지. 나는 엄마가 이해하지 못하는 게 서러워서 운다. 힘들어서, 세상이 나를 이해해주지 않아서, 모성애라는 것에 대한 실망감 때문에…….

친구가 나를 이해하지 못했을 때 서운합니다. 그 서운함이 커지면 싸우기도 하고, 화해하지 못하면 절교를 선언하기도 합니다. 그렇지만 부모가 나를 이해해주지 못하는 것은 또 다릅니다. 더 많이 섭섭하고, 더 많이 실망하고, 더 많이 분노합니다. 그 이유는 아마 쉬르마허가 지적했듯이 우리가 태어날 때부터 가지고 있던 원초적인 가족에 대한 감정 때문일 것입니다.

연인이나 친구는 먼저 만나고, 서로를 알아가면서 이해하게 되고, 그리고 그 후에 사랑하게 되지만 가족들은 서로를 이해하기 전에 먼저 사랑을 합니다. 사랑을 먼저 시작한 가족들은 그 후에 서로를 어떻게 이해할 줄 몰라 당황합니다. 그렇지만 이해하지 못한다고 해서 서로에 대한 사랑을 버릴 수는 없습니다.

세상에서 마지막으로 기댈 수 있는 유일한 곳, 가족

결론부터 말하자면 유감스럽게도 엄마아빠는 결코 우리를 완벽히 이해하지 못합니다. 우리가 부모님을 이해할 수 없는 것과 마찬가지입니다. 우리가 엄마의 낡아빠진 월남치마와 목 늘어난 면 티셔츠 패션을 이해하지 못하는 것처럼, 엄마도 우리의 스키니진과 핫팬츠를 이해하지 못합니다.

우리도 부모님을 모두 이해하지 못하는 것이 당연하듯, 부모님이 우리를 모두 이해할 것이라는 기대는 접는 것이 좋습니다. 부모들과 살아온 날들이 다릅니다. 친하게 지내는 친구들이 다릅니다. 그리고 관심 있는 분야가 다릅니다. 친구들과는 하루 종일 온갖 주제로 수다를 떨면서 부모님에게는 "학교 다녀오겠습니다"가 전부인데 어떻게 그들이 나를 이해할 수 있겠습니까? 사실 그들이 나를 이해할 것이라 기대하는 자체가 오히려 더 욕

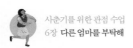

심일 수 있습니다.

우리가 인생을 처음 살면서 그 해답을 몰라 헤맬 때, 우리의 부모님도 '자식'을 처음 키우니 당황할 수밖에 없습니다. 우리가 우리 인생의 정답을 알 수 없듯이 부모들도 자신의 인생에서 정답을 알 수 없습니다. 내가 실수하듯 그들도 실수하고, 내가 상처 받듯, 그들도 상처 받습니다. 내가 대한민국에서 최고의 아들, 딸이 아닌 것처럼, 나의 부모님도 최고의 부모님이 아닐 수 있습니다.

프랑스의 사상가 앙드레 모루아(Andre Maurois)는 가족을 "사람이 있는 그대로의 자기를 표시할 수 있는 유일한 장소"라고 말했습니다. 가족은 최고의 모습을 보여주지 않아도 됩니다. 외출할 때는 오랫동안 공들여 화장을 하고, 머리를 다듬고, 좋은 옷을 골라 입지만, 집에서는 눈곱 낀 얼굴에 무릎 나온 트레이닝복을 입고 있어도 창피하지 않습니다.

그런데 있는 모습 그대로 하다 보니 조심하지 못해 서로에게 실수하고, 화내고, 짜증을 냅니다. 그래서 우리는 가끔 가족들이 번거롭고, 거추장스럽고 귀찮기까지 합니다. 하지만 내 인생의 중요한 순간, 내 인생의 가장 힘든 순간, 가장 먼저 떠오르는 것은 누구인가요? 엄마아빠 그리고 가족들 아닌가요?

쉬르마허가 말했듯이 가족은 친구와는 다르게 인생의 가장 중요한 순간에, 인생의 가장 다급한 순간에, 나를 구하러 오는 사람입니다. 범죄를 저지르고 도망 중인 사람을 찾을 때, 경찰들이 제일 먼저 가보는 곳이 어딜까요? 바로 그들의 고향입니다. 범죄자들이 어릴 때 자랐던 지역, 현재 부모들이 살고 있는 지역, 때로는 돌아가신 부모들이 묻혀 있는 선산 등이 일차 수사대상입니다. 많은 경우 부모들과 어린 시절을 보냈던 지역에서 범죄자들이 잡힙니다. 그들도 가장 위급한 순간에 가족의 품으로 돌아가 쉬고 싶었을 것입니다. 아무도 자신을 구해주지 않는 세상에서 유일하게 나를 품어줄 수 있는 가족이 그리웠을 것입니다.

내 인생의 모든 순간에 가족들이 함께 하고, 모든 것을 이해하고, 나의 모든 것을 사랑으로 감싸주는 그런 가족은 없습니다. 세상에 나가 싸울 때 누구나 그렇듯 혼자만의 힘으로 감당해야 합니다. 그리고 너무 지쳐 더 이상 싸울 수 없을 때, 이 세상에 아무도 나를 응원해 주지 않을 때, 돌아가 쉬고 함께 밥을 먹을 수 있는 것이 가족입니다. 그렇게 지쳐 돌아온 사람을 가만히 안아주는 것이 가족입니다. 이것만으로도 훌륭한 가족 아닐까요?

그녀는 내가 고뇌할 때에 위로해줄 줄 모른다. 그녀는 행복해하는 내 얼굴에 번지는 미소의 의미를 모른다. 그녀는 내가 사랑에 빠졌다는 걸 눈치 채지 못한다. 그녀는 친구들에

게서 따돌림 받았을 때 나를 도와주지 않는다. 그녀, 어머니.

그러나…… 그녀는 나를 낳았고, 키웠고, 사랑했다.

——《딸들이 자라서 엄마가 된다》

BOOK

《**딸들이 자라서 엄마가 된다**Terminale! Tout le monde descend》
수지 모르겐스턴Sisie Morgenstern, 1945~·알리야 모르겐스턴Aliyah Morgenster, 1967~
웅진지식하우스 | 2010

짜증내고, 실망하고, 싸우면서
사랑하는 엄마와 딸의 교환일기

프랑스의 아동문학가인 수지 모르겐스턴이 사춘기에 접어든
딸 알리야와 대화하기 위해 함께 일기를 쓰자고 제안했다. 같
은 사건을 바라보는 엄마와 딸의 다른 시각을 재미있게 풀어
내고 있다. 28년 전 프랑스의 모녀 사이에 있었던 일이지만
한국의 나와 우리 가족이 겪고 있는 일처럼 생생하다. 1985
년 발표되어 프랑스 여성인권문학상을 수상하기도 했으며,
지금도 전 세계의 엄마와 딸들이 읽고 있다. 책을 쓸 당시 18
세였던 딸 알리야 모르겐스턴은 현재 프랑스 파리 3대학에서
문학을 가르치고 있다.

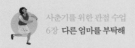

BOOK

《**가족 부활이냐 몰락이냐**Minimun》

프랑크 쉬르마허Frank Schirrmacher, 1959~ | 나무생각 | 2006

고령사회와 저출산에 대한 해답,
'가족'이 처한 위기

독일의 저널리스트인 프랑크 쉬르마허가 현대사회 가족의
위기를 진단한 책이다. 역사적 사실, 심리학자 및 사회학자들
의 연구와 논문을 인용하여 가족이 해체되고 있는 현대사회
에서도 여전히 가족은 중요한 역할을 하고 있다고 주장한다.
그는 《고령사회 2018》을 통해 독일과 유럽사회의 저출산율
을 분석하며 다가올 고령사회에 대한 사회적 관심을 이끌어
내기도 했다.

관점
UP

| 가족에 대하여 |

엄마아빠도 우리들에게 이해받고 싶습니다.

우리는 종종 더 사랑하는 사람에게 더 많이 화를 내는 실수를 저지릅니다. 서로 사랑하기 때문에 더 많이 이해할 것이라고 기대하기 때문이죠. 오늘 가족들의 모습을 다시 한 번 바라보세요. 학년이 바뀌고 새로운 반에서 처음 만난 친구처럼 바라보세요. 친구를 알아가려고 노력하듯 가족들을 이해하려고 노력해보는 것은 어떨까요? 딱 그 만큼만 노력해보세요. 가족의 새로운 모습을 발견할 수도 있을 테니까요. 그래도 이해가 안 간다면 어쩔 수 없는 일입니다. 우리는 처음부터 다른 인간으로 태어났으니까요.

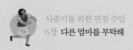

7장

나는 외톨이입니까?

《**토니오 크뢰거**》: 토마스 만 & 《**고독한 군중**》: 데이비드 리스먼

노페에 갇힌 우리들

한동안 조카가 추운 겨울에도 점퍼를 입지 않은 채 얇은 교복 자켓 하나만 입고 학교를 다녔습니다. '노페 패딩'을 입지 못할 바에야 아무것도 입지 않겠다고요. '쪽팔리는' 것보다는 추운 게 낫답니다. 부모님에게 조르다 실패하고, 이모인 저에게 부탁을 했으나 역시 거절당한 후의 일이었습니다. 결국 조카는

할머니로부터 원하던 점퍼를 얻어내고야 말았습니다.

날씨가 추워지기 시작하면 청소년들의 범죄수사를 전담하는 여성청소년과의 청소년계에는 단골로 들어오는 사건이 있습니다. 이른바 '패딩 사건'입니다. 몇 해 전, '노페 열풍'이 불면서 시작된 현상이죠. 고가의 패딩점퍼를 사느라 부모님들의 등골을 휘게 한다고 해서 '등골브레이커'라고도 불렸던 그 상표입니다. 청소년들 사이에서 노페, 캐몽과 같은 특정 브랜드의 패딩점퍼는 범죄의 대상이 되기도 합니다. 청소년들은 친구의 패딩점퍼를 뺏거나 하고, 훔치기도 합니다. 심지어는 유행하는 패딩점퍼를 사기 위해 다른 범죄를 저지르기까지 합니다.

수십만 원을 호가하는 패딩이 '제2의 교복'으로 불릴 정도의 노페 열풍에 어른들은 깜짝 놀랐습니다. 부모님들도 고민이 많았습니다. 사주자니 너무 비싸고, 안 사주자니 왕따를 당하지는 않을까 걱정스러웠으니까요. 뉴스에서는 청소년들의 무분별한 소비 습관과 고가의 패딩점퍼 때문에 범죄까지 저지르는 청소년들의 충동적인 행동에 대해 연일 비판을 했습니다. 그런데 노페 열풍이 청소년들에게만 있는 걸까요?

주말에 동네 뒷산에서 가면 참 신기합니다. 수많은 어른들이 유명 브랜드의 비슷비슷한 등산복을 입고 있으니까요. 노페 패딩을 입지 않으면 쪽팔린다는 청소년과 고가의 등산복을 마련하

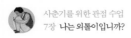

기 전까지는 운동을 하지 않는 어른들은 모두 타인의 시선에 갇혀 있습니다. '다른 이들이 나를 어떻게 생각할까?'를 먼저 고민하여 내가 좋아하는 옷, 내가 편안한 옷을 입지 않고 '남들 눈에 좋아 보이는 옷'을 선택합니다. 그러다보니 트레이닝복을 입고 올라가도 충분한 동네 뒷산에 최첨단 방수기능을 자랑하는 고어텍스를 고집하게 됩니다.

《고독한 군중》의 저자 데이비드 리스먼(David Riesman)은 자신의 신념보다는 타인의 기호를, 자신의 가치보다는 사회의 유행을 쫓아가는 사람들을 '타인지향적 인간형'이라 규정하고, 현대사회를 살아가는 개인들의 사회적 성격이라고 예견했습니다.

리스먼은 산업발전에 따른 인구증가와 사회변화를 따라 사람들의 사회적 성격 유형도 변한다고 전제하였습니다. 전통지향적 사회에서 개인은 전통과 관습을 따르며 살면 됩니다. 농부의 자식은 농사를 짓고, 학자의 자식은 학자가 되는 식이지요. 그러나 산업혁명이 시작되면서 신분체계는 무너지고, 무한경쟁의 시대가 시작됩니다. 부모나 사회의 강력한 권위에 의해 주입된 '근면성실'과 같은 가치관이 개인의 인생을 지배하는 사회는 내부지향적 사회입니다.

하지만 우리가 살고 있는 타인지향적 사회는 전통이나 관습은 사라졌고, 개인의 신념은 예전처럼 강력하지 않습니다. 혼란에 빠진 그들은 자연스레 옆에 있는 다른 사람의 눈치를 살핍니다. 그들은 언제나 타인을 의식하고, 타인에게 어떻게 평가받을지 고민하며 끊임없이 타인의 시선 안에 자신을 맞추려고 노력합니다.

혼자라는 불안

사진 찍는 취미가 유행일 때는 모든 사람들이 목에 DSLR을 걸고 다녔습니다. 자전거 열풍이 불자 자전거 회사의 주식이 폭등합니다. 이제 캠핑이 대세라고 하니 주말마다 산과 들에는 고기 굽는 연기로 가득합니다. 타인지향적 사회에서는 개인의 행동을 결정하는 것은 바로 집단의 선호입니다. 모두가 "예"를 외친다면, 나도 따라서 "예"라고 외치는 것이 타인지향형 사회의 특징입니다.

리스먼은 현대사회에서 타인에게 동조하지 않는 것, 타인들의 선호에 따라가지 않는 것 그 자체가 매우 어려운 일이라고 간파했습니다. 이러한 사회에서 남들과 다르다는 것은 지속적으로 개인을 고립시키고, 고독하게 만듭니다. 독일의 소설가인 토마스 만(Thomas Mann)의 소설 《토니오 크뢰거》에 등장하는 주인공 토니오가 바로 그러했습니다.

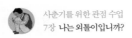

"이제야 오는구나, 한스?"

오랫동안 길 복판에서 기다리고 섰던 토니오 크뢰거는 이렇게 말하고 다른 친구들과 이야기를 주고받으며 교문에서 나와 친구들과 같이 길을 가던 한스에게 웃음을 띠고 다가섰다.

"왜 그래?"라면서 한스는 의아해서 토니오를 쳐다보았다.

"아, 참 그렇지! 그럼, 조금만 더 같이 걷자."

"그럼, 잘 가, 다들!" 한스 한젠이 자기 친구들한테 말했다.

——《토니오 크뢰거》

수업이 끝나고 주인공 토니오는 혼자서 한스를 기다리고 한스는 친구들에게 둘러싸여 걸어옵니다. 짧은 장면이지만 외톨이인 토니오와 인기가 많은 한스의 모습이 담겨져 있습니다. 소설 속 토니오는 왕따처럼 보입니다. 독일인 같지 않은 이름에, 갈색머리와 각진 얼굴을 가진 토니오는 외롭고 불안합니다. 반면 금발에 푸른 눈을 가진 소년 한스와 토니오가 사랑하는 소녀 잉게는 광고 속의 모델처럼 해맑습니다.

토니오는 고립되고 특이한 인물인 반면, 한스와 잉게는 주변 사람들과의 조화 속에 평범한 행복을 꿈꾸는 인물입니다. 토니오는 누구도 읽지 않는 시를 쓰고, 아무도 이해하지 못하는 책을 읽지만, 한스는 친구들과 어울려 승마와 무용을 합니다. 평범한 이들과는 다른 세상을 가진 토니오는 밝은 한스와 잉게를 부러워합니다. 그들의 세상에 속하지 않는 자신을 책망하고, 앞으로도 이렇게 외롭고 어둡게 살게 될 것만 같아 불안하기만 합니다.

나는 왜 이렇게도 이상할까? 만사가 뜻에 맞지 않고, 선생들하고는 싸우고, 다른 아이들과는 서먹서먹하니, 무엇 때문일까? 착하고 진실하며 평범한 다른 아이들 좀 봐! 선생들이 그들에겐 우스꽝스러워 보이지도 않고, 그들은 시를 쓰지도 않으며, 오로지 누구나 상식적으로 생각하고 당당하게 모든 사람과 통할 수 있다고 반드시 생각할 것이다! 그들은 아마 속이 편할 테니, 그런데 나는 왜 이 모양일까? 이러다가 내 모든 것이 앞으로 어찌 될 것인가.

─《토니오 크뢰거》

한스는 친구들 사이에 유행하는 여가생활을 하고, 모든 사람들이 읽는 책을 읽습니다. 최신 유행하는 옷을 멋지게 차려입고 사람들과 어울려 춤을 춥니다. 한스는 리스먼이 말한 타인지향형 인간의 아주 전형적인 모습을 하고 있습니다. 그렇지만 한스 역시 불안합니다. 집단의 선호는 '자주 변하기' 때문입니다.

작년까지는 스키니진이 유행이었지만 내년에는 폭넓은 와이드팬츠가 유행할 수도 있습니다. 선호라는 것은 언제 어느 때 어

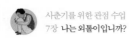

떻게 바뀌게 될지 아무도 모르는 것입니다. 유행이 그때그때 바뀌는 것처럼 동료집단의 선호도 유행에 따라 바뀝니다. 그래서 현대사회에 살고 있는 개인들은 집단의 선호에 귀 기울이고, 그 신호를 놓치기 않기 위해서 항상 레이더를 반짝거립니다.

타인지향적 인간은 항상 불안합니다. 잠깐이라도 집단에서 보내는 신호를 놓치면 내일이라도 당장 집단에서 소외될 수 있기 때문입니다. 토니오는 남들과 달라서 고독하고, 한스는 남들과 같아서 불안합니다. 리스먼은 이를 '군중의 고독'이라고 지칭했습니다.

> 동료집단은 아이에게 판정을 내리는 배심원 역할을 하는데, 그 판정은 시시각각 변한다. '좋은 친구'라고 불리던 사람도 하루아침에 '싫은 친구'로 뒤바뀌는 경우가 있다. 그래서 유연성이나 리더십이란 그때그때의 유행이나 풍조에 민감하게 반응하느냐 못하느냐에 좌우된다. 모든 동료집단마다 특수한 습관과 은어를 가지고 있다. 그 집단에서 자신의 안전을 꾀하기 위해서는 어떤 어려운 기술이 필요한 게 아니며, 다만 동료집단의 취향과 표현양식을 배우면 된다.
>
> ——《고독한 군중》

나와 타인이 만났을 때

●

타인과 같이 살아가는 인간이라면 누구나 다른 사람들과 소통하고 그들 안에 속하고 싶은 욕망을 가지고 있습니다. 쉽게 이야기 하면 누구나 '왕따'가 될 수 있다는 불안감은 가지고 있으며, 모두 '왕따'가 되지 않으려고 노력하며 살고 있습니다. 세상 사람들과 비슷하게 살아가면 안전합니다. 그들과 비슷하게 살아가기 위해서, 나의 생각을 말하기보다는 그들의 생각을 듣고 싶어 하고, 내가 좋아하는 옷을 입기보다는 그들 사이에 유행하는 옷을 입습니다. 우리는 나만의 세상을 지키기보다는 그들 안의 세상으로 들어가기 위해 더 많이 노력하고 있는 것 같습니다.

리스먼은 집단에 속하고자 하는 욕망을 타인지향적 사회의 특성이라 합니다. 보통 사람들의 평균에서 벗어나 '이상한 아이'로 찍히는 것이 가장 두려운 일입니다. 토니오 크뢰거가 한스가 속한 평범한 세계를 갈구했던 것처럼 현대인들은 보통 사람들의 집단에 속하고자 노력합니다. 그 집단은 자신이 직접 알고 대면하는 가까운 집단일 수도 있고, 미디어의 영향으로 간접적으로 접촉하는 거대한 문화일 수도 있습니다.

친구들 사이에 유행하는 패딩점퍼를 입지 않으면 '뭔가 이상

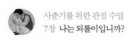

한 애'로 취급받을 수 있습니다. 월요일 아침 친구들끼리 개콘에 대한 이야기를 하는 와중에 세익스피어의 소설에 대해 이야기한다면 '재수 없다'는 평가를 받게 될 것입니다. 담탱이 대신 담임선생님이라고 부르는 순간 '잘난 척한다'는 소리를 듣게 될 것입니다.

집단에 속하고자 하는 욕망은 가끔 잘못된 방향으로 발전하기도 합니다. 문제를 일으킨 아이들의 부모님들과 만나면 똑같이 하는 말이 있습니다. "우리 애는 착한데, 친구를 잘못 만나서 말썽을 부리고 다닌다"는 것입니다. 제가 만난 청소년들에게 어떤 이유로 방황이 시작되었는지 물어보면, 많은 친구들이 하나같이 "친구를 잘못 만나서"라고 대답합니다. '집단에 소속되기 위해 그들의 행동방식을 따라한다'는 리스먼의 주장에 따르면 실제 맞는 말이기도 합니다.

청소년들이 방황을 시작할 때 비슷한 친구들을 만납니다. 그리고 그 친구들의 행동양식을 따라하게 됩니다. 갑자기 입지 않던 옷을 입고, 쓰지 않던 욕설을 사용하게 되는 것입니다. 시간이 지나가면서 집단 안에서 이른바 '센 캐릭터'를 차지하기 위해서 집단 내의 행동양식을 더욱 강화하게 되는 순서를 밟게 됩니다. 친구들이 자전거를 훔치면, 자신은 오토바이를 훔치고, 더 심해지면 스마트폰을 훔치기도 합니다.

제가 만났던 한 청소년은 한쪽 팔 전체를 뒤덮는 문신을 하고 있었습니다. 같이 어울리고 싶은 동네 형들이 있는데 그 형들이 모두 문신을 하고 있다는 이유에서였습니다. 지금도 그 청소년은 다른 한쪽 팔에도 문신을 하기 위해 열심히 아르바이트를 하고 있습니다. 자신이 어울리는 또래집단이 모두 자전거를 훔치기로 했는데 혼자 나서서 "그런 일은 하지 않을 거야"라고 말하는 순간 그 집단에서 밀려져 나오게 됩니다.

　이런 면에서 보면 '나쁜 친구를 만나서'라는 이유는 어느 정도 일리가 있는 변명이기도 합니다. 자신이 속해 있는 친구집단에서 동질감을 느끼기 위해서, 그리고 그 집단에서 소외당하지 않기 위해서 친구들이 하는 행동을 그대로 따라 하기 때문입니다. 이것은 특정한 청소년들에게만 해당되는 이야기는 아닙니다. 평범한 친구들도 부모님 앞에서는 사용하지 않는 욕설을 친구들과는 거리낌 없이 사용합니다. 그 친구들과 동질성을 갖기 위해서요.

타인지향형 인간이 추구하는 인생목표는 타인들이 인도하는 대로 바뀐다. 다만 일생토록 변하지 않는 것이 있다면, 그 개인이 이런 식으로 어떤 목표를 이루기 위해 노력한다는 사실과, 그것을 위해 타인들이 퍼뜨리는 신호에 끊임없이 주

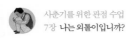

의를 기울인다는 사실뿐이다.

――《고독한 군중》

인정받아야 한다는 강박

●

토니오는 성공한 작가가 되어 돌아옵니다. 학창시절 왕따를 당했지만 성인이 되어 고향으로 금의환향한 만큼, 역경을 딛고 일어선 성공스토리를 자랑해야 할 것입니다. 그러나 토니오는 한스와 잉게를 만나고도 말을 걸 수 없었습니다. 토니오는 여전히 한스와 잉게로 대표되는 평범한 사람들의 행복한 세계를 동경하고 그 세계에 속하지 못한 자신 때문에 괴로워합니다. '별개의 인간이라는 느낌, 어울리지 못하고 관찰을 받고 있다는 감정'을 가지고 살아가야 하는 자신의 운명을 저주하기까지 합니다.

내 그대들을 잊은 적이 있었던가? 그는 스스로 반문했다. 천만에, 한 번도 잊은 적이 없다! 내가 일을 했던 것은 그대들 두 사람 때문이었다고, 내가 박수갈채를 받을 때, 너희들이 그 속에 섞여 있지나 않을까 남몰래 돌아보곤 했다. 나도 너처럼 되고 싶다! 잉게보르크 홀름, 너를 아내로 맞이하고, 한스 한젠 너 같은 아들을 가질 수 있으면 얼마나 좋겠느냐! 인식과 창조의 고뇌라는 저주를 벗어나 복된 평범함 속에 살고, 사랑하고 찬양할 수 있다면 얼마나 좋겠느냐!

———《토니오 크뢰거》

사실 토니오의 성공은 절반뿐이었습니다. 평범한 사람들과는 다른 예술적 감성을 가졌던 토니오가 고뇌와 번민으로 써내려간 글들은 전문가들 사이에서만 갈채를 받았습니다. 평범한 보통의 사람들을 대표하는 한스와 그의 부인 잉게는 여전히 그를 알지 못했습니다. 토니오는 그들에게 칭송받고 싶었습니다. 자신의 글이 아무리 훌륭하더라도 타인의 인정을 받지 못한 토니오는 여전히 불행합니다.

타인의 인정은 타인지향적 사회의 성공을 결정하는데 있어 가장 중요한 요소입니다. 일의 내용과는 상관없이 타인들이 관심을 가져주고 좋아한다면 그것이 훌륭한 일이 되어 버립니다. 어떤 일이라도 타인에게 인정을 받으면 그만큼 잘한 일이 되는 것입니다.

최근 어떤 청소년이 살인을 저지르는 과정을 자신의 SNS를 통해서 실시간으로 공개를 한 사건이 있었습니다. 사람을 죽이고 나서 그 사진을 SNS에 올리고 사람들의 반응을 궁금해 하며

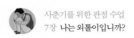

댓글을 확인했다고 합니다. 이 사건은 청소년 범죄의 잔혹성과 심각성을 보여주었다며 언론에 집중적으로 보도되었습니다. 그러나 범죄 심리학자들은 어떤 식으로든 사람들의 관심을 받으려는 현대인들의 강박관념이 범죄적으로 발전한 사건이라고 진단하고 있습니다. 사람들의 관심을 받고, 유명해지기 위해서 행하는 행동이었다고 판단한 것입니다.

타인지향형의 특징이라고 하기에는 너무 극단적인 사례일 수 있습니다. 그러나 결국 타인으로부터 인정받고자 하는 욕망의 표현이라는 점에서는 같은 출발이라고 할 수 있습니다. 우리는 지금도 SNS에 사진을 올리고, 다른 사람들이 클릭하기를 기다리며, 타인의 반응에 따라 기뻐하기도 하고 슬퍼하기도 합니다. 여행에 가서 그 즐거움을 만끽하기만 해도 충분할 텐데 꼭 사진을 찍어 '카스'에 남깁니다. 맛있는 음식을 먹을 때도, 예쁜 셀카를 찍었을 때도 마찬가지입니다. 그리고 사진 밑에 남겨진 댓글을 보며 흐뭇해하죠.

타인의 평가에 예속되어 스스로를 괴롭힌 가장 유명한 사람은 아마 백설공주의 계모일 것입니다. 그녀는 무척 아름다운 사람이었습니다. 무엇이든 알고 있다는 그 거울도 백설공주가 자라기 전까지는 "세상에서 가장 아름다운 사람은 바로 왕비님이십니다"라고 답했으니까요. 그렇지만 왕비는 스스로의 아름다움에 대해 확신을 갖지 못했습니다. 스스로 아름답다고 생각하면 될 것을 계속해서 거울에게 물어봅니다. 왕비가 비참한 이유는 백설공주보다 아름답지 못해서가 아니고, 타인의 평가에 예속되었기 때문입니다. 왕비는 백설공주를 죽이러 갈 것이 아니고 거울을 내려놓아야 했습니다.

독설로 유명한 독일의 철학자 쇼펜하우어(Arthur Schopenhauer)는 남이 뭐라고 말할까를 걱정하는 사람은 이미 남의 시선의 노예일 뿐이며, 노예들은 늘 주인의 눈치를 살피고 주인의 명령대로 산다고 비난했습니다. 덧붙여 남의 평가를 중요하게 여기는 사람들의 습관이야 말로 "바보 같은 인간의 뿌리 깊은 본능"이라고 돌직구를 날립니다.

잠든 내 안의 욕망을 만나다

●

《토니오 크뢰거》는 어릴 때부터 예술적 감수성이 뛰어났던 토마스 만이 성장기에 겪었던 방황을 그려낸 자전적 소설입니다. 토마스 만이 어린 시절 남들이 이해해주지 못했던 예술의 세계를 가지고 있듯이, 누구나 자신만의 세계가 있습니다. 그리고 토마스 만이 그러했듯 평범한 다른 사람들과 나의 세계가 어울리지 못하면 어떡하나 하는 두려움 또한 가지고 있습니다. 세상으로부터 따돌림 당하고 싶진 않으니까 나의 울타리를 지키려고 하기보다 사람들 속에 숨고 싶기도 합니다.

리스먼은 개인이 어떤 사회에 살아가기 위해서는 그 사회에서 요구하는 특정한 성격유형에 따라갈 수밖에 없는 점을 인정하면서도, 개인에게는 적응의 정도와 방향을 선택할 수 있는 자유가 있다고 말합니다. 현대사회가 타인지향적 인간을 만들어 내고 있다 하더라도, 그 사회에 동조할 것인지에 대한 선택의 자유가 있다는 뜻입니다. 리스먼은 사회에서 요구하는 인간유형에 절대적으로 적응하기보다는 그 사회에 적응할 수 있는 능력을 키우는 한편, 개인의 자율성을 잊지 말아야 한다고 충고합니다.

자유라는 것은 쉽게 말하면 '내가 하고 싶은 것을 하는 것'입니다. 그렇지만, '내가 하고 싶다'고 생각하는 것이 '진짜 내가 하고 싶은 것'인지 생각해 봐야 합니다. 나는 최신 스마트폰을 구입하고 싶습니다. 그런데 그 욕망이 진정 나의 내부에서 비롯된 욕망인지는 알 수 없습니다. 타인지향적 사회에서 최신 스마트폰이 유행이라는 타인의 욕망이 그대로 나에게 투입된 것일 수도 있습니다.

에리히 프롬은 《자유로부터의 도피》라는 책에서 이러한 자유를 소극적 자유라고 말했습니다. 나의 감정이고 나의 욕구라고 당연히 믿고 있던 것들이, 실제로는 타인이나 사회의 압력에 굴복한 것에 불과할 수도 있다는 것이죠. 에리히 프롬은 진정한 자유란 타인의 욕망을 쫓아가는 것이 아니라 내부에 잠재워진 나만의 잠재력을 마음껏 발휘하는 동태적 과정이라고 설명합니다.

'칭찬은 고래도 춤추게 한다'는 말이 있습니다. 동물원에서 조련사의 손길에 따라 춤을 추는 돌고래를 보면 맞는 말인 것도 같습니다. 그런데 돌고래의 입장에서 보면 어떤가요? 칭찬을 받기 위해 춤을 추는 고래의 선택은 에리히 프롬이 말하는 진정한 자유일까요? 조련사가 주는 먹이와 칭찬에 굴복한 것뿐은 아닐까요.

바다를 가르는 돌고래들은 아무리 관광객들이 박수를 쳐도 춤을 추지 않습니다. 타인들의 시선 때문에, 그들의 칭찬 때문에, 그들의 평가 때문에 춤을 추지 않습니다. 유행하는 옷이 아니라 나에게 잘 어울리는 옷을 입고 싶습니다. 다른 사람들이 한 번쯤 모두 해보는 취미가 아니라 내가 하고 싶은 취미를 갖고 싶습니다. 동물원의 돌고래가 아니라 바다 속을 가르는 돌고래가 되고 싶으니까요.

타인지향형 인간은 만약 자신이 얼마나 불필요한 일을 하고 있는가, 그리고 자신의 생각이나 생활 그 자체가 타인들

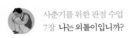

의 그것과 마찬가지로 얼마나 흥미로운 것인가를 알아차리게 된다면, 그들은 더 이상 군중속의 고독을 동료 집단에 의지하여 애써 누그러뜨리지 않아도 될 것이다. 개개의 인간은 저마다 그 내부에 무한한 가능성을 가지고 있다. 그러한 상태가 되었을 때 인간은 자신의 실제 감정과 포부 등에 보다 많은 관심을 갖게 될 것이다.

——《고독한 군중》

나만의 특색을 드러낸다는 것, 내 속에 숨겨진 나만의 세계를 드러낸다는 것은 무척이나 어려워 보입니다. 그렇지만 막상 해보면 생각만큼 어렵지 않습니다. 내가 생각하는 것만큼 타인들은 나에게 관심이 없으니까요.

미국 어느 대학에서 사람들은 타인에 대해 얼마나 관심을 두는지 실험을 했습니다. 아주 우스꽝스러운 티셔츠를 입은 실험자에게 학교를 돌아다니라고 했습니다. 그 실험자는 사람들이 너무 많이 쳐다보는 것 같아 창피했습니다. 실험자에게 학교에서 만난 사람들 중 얼마나 그 옷을 기억할 것 같냐고 물었습니다. 실험자는 반 이상의 학생들이 그 우스꽝스러운 티셔츠를 기억할 것이라고 예상했습니다. 그런데 실제 그 옷을 기억한 사람은 8%에 불과했다고 합니다.

스키니 팬츠가 유행인 시대에 나에게 더 잘 어울리는 일자청바지를 입었다고 해서 길거리의 모든 사람들이 나를 쳐다보지 않습니다. 친구들이 모두 떡볶이를 먹을 때 혼자 돈가스를 먹어도, 친구들이 모두 엑소를 좋아할 때 나 혼자 조용필을 좋아한다고 해도 세상이 나를 내치지는 않습니다. 우리는 타인의 시선에 자신을 맞추기 위해 지나친 에너지를 낭비하고 있는 것 같습니다.

우리는 조금 더 자신감을 가져도 좋을 것 같습니다. 나의 취향은 타인의 그것만큼 흥미롭고, 나의 생각은 타인의 그것만큼이나 중요하며, 나는 나만의 세상을 지켜갈 수 있는 힘을 가지고 있다고 믿어도 될 것 같습니다. 인간은 본래 외부의 힘에 의해 마음대로 만들어지는 찰흙인형 같은 존재가 아닙니다. 컨베이어 벨트 위에서 조립되는 자동차처럼 단추 하나에 의해 똑같이 만들어지는 자동인형도 아닙니다. 존 스튜어트 밀(John Stuart Mill)의 말처럼 '인간은 내적인 힘이 뻗치는 여러 방향에 따라 스스로 성장하고 발전해나가도록 요구받는 나무'와도 같은 존재이기 때문입니다.

사람들은 남의 삶에 그다지 관심이 많지 않다. / 그래서 남을 쳐다볼 때는 부러워서든 불쌍해서든 / 그저 호기심이나 구경 차원을 넘지 않는다.

내가 살아보니까 / 정말이지 명품핸드백을 들고 다니든, / 비

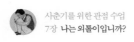

닐봉지를 들고 다니든 중요한 것은 / 그 내용물이란 것이다.
내가 살아보니까 / 남들의 가치기준에 따라 / 내 목표를 세
우는 것이 얼마나 어리석고, / 나를 남과 비교하는 것이 얼마
나 시간 낭비고, / 그렇게 함으로써 내 가치를 깎아 내리는 /
바보 같은 짓인 줄 알겠다는 것이다.

— 장영희, 《살아온 기적 살아갈 기적》

《토니오 크뢰거 Tonio kröger》

토마스 만Thomas Mann, 1875~1955 | 문예출판사 | 2004

까다롭고 섬세한 감수성을 가진
외톨이 소년의 성장기

독일의 소설가 토마스 만의 자전적 소설이다. 예술적 감수성을 가진 토니오가 소시민적 삶을 동경하면서도 경멸하는 이중적 감정을 그리고 있다. 예술가로서의 방황과 고민, 그리고 소년시절의 상처와 트라우마의 반복 끝에 소시민의 현실과 예술적 이상을 조화시키는 것으로 끝을 맺는다. 토마스 만은 노벨문학상까지 수상한 독일의 대표 작가였지만 나치에 반대하여 망명생활을 해야 했고, 히틀러는 그의 재산과 국적을 박탈한다. 토마스 만은 반파시즘, 반나치 활동을 하여 전투적 휴머니스트라고도 불린다.

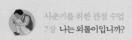

BOOK

《**고독한 군중**The Lonely Crowd》

데이비드 리스먼David Riesman, 1909~2002 | 동서문화사 | 2011

현대인을 지칭하는 고유 용어가 되어버린 책 제목
《고독한 군중》

미국의 사회학자로 하버드 대학에서 문학과 법학을 전공하
고, 시카고 대학과 하버드 대학에서 교수로 활동했다. 1950
년에 출간된 이 책은 각 사회의 발전과 변화속도에 따른 인간
성격유형을 전통지향형, 내부지향형, 타인지향형으로 나누어
역사적 변화를 논술하고 있다. 방대한 양과 학술적 성격에도
불구하고 학계는 물론 일반인에게까지 큰 반향을 불러일으
켜 현대산업사회의 고전 명저로 손꼽는다. 화려한 사회적 네
트워크 안에서도 불안과 고독에 시달리는 현대인의 모습을
날카롭게 지적한다.

| 타인에 대하여 |

남들은 우리에게 관심이 없어요.

오늘 학교에서 만난 친구들을 떠올려 보세요. 누가 무슨 옷을
입고 왔는지 기억하고 있나요? 남들도 마찬가지예요. 남들은
내가 생각하는 것만큼 나한테 관심이 없어요. 그런데도 우리는
사소한 것 하나부터 남들의 시선을 신경 쓰고 살고 있습니다.
내 인생에 관해서 나만큼 생각을 많이 하는 사람이 어디 있겠
어요. 다른 누구도 나의 생각, 나의 취향, 나의 관점을 대체하
지 못합니다. 남들과 달라도 괜찮아요. 남들과 다르다는 것은
자연스러운 일이기도 하지만 당신이 남들보다 뛰어나다는 것
을 뜻하기도 하니까요.

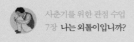

8장

나이키 운동화가 불편한 이유

—

《난장이가 쏘아올린 작은 공》 : 조세희 & **《나중에 온 이 사람에게도》** : 존 러스킨

절대반지가 되어 버린 돈

●

람보르기니 사기, 타워팰리스에서 살기, 여자친구에게 명품백 선물하기. 중학교 3학년 상영이가 죽기 전에 꼭 하고 싶은 일이 랍니다. 학교 폭력 예방 교육을 하면서 중학생 친구들에게 죽기 전에 꼭 하고 싶은 일, 이른바 '버킷리스트'를 쓰게 한 적이 있습니다. 상영이의 버킷리스트는 모두 돈과 관련된 것이었습

159

니다. 상영이는 돈 많이 버는 것이 인생의 목표라고 합니다.

"왜 그렇게 돈이 벌고 싶어?"라고 묻자 상영이는 당당하게 말합니다.

"돈 많으면 사람도 죽일 수 있다잖아요. 돈 많이 벌어서 하고 싶은 거 다 할 거예요."

최근 발표된 어느 여론조사에 의하면, 청소년들의 절반가량이 '10억을 준다면 감옥에 가도 괜찮다'라고 생각하고 있었습니다. 10억이 생긴다면 범죄를 저지를 수도 있다고 생각하는 것과 크게 다르지 않습니다.

돈 때문에 사람을, 때로는 부모를 죽이기도 합니다. 얼마 전 22세의 청년이 존속살인혐의로 구속되었습니다. 아버지의 아파트를 상속받기 위해 친구들과 공모하여 아버지를 살해한 혐의입니다. 범행을 공모하고, 사체를 유기한 혐의로 경찰에 붙잡힌 공범들은 15세에서 17세의 청소년들이었습니다. 최근 5년간 존속살인이 지속적으로 늘고 있습니다. 범죄전문가는 실업과 불황으로 경제적 어려움에 부딪힌 자녀들이 가장 가까운 부모를 범죄의 목표로 삼게 된 것이라고 분석합니다.

혹시 이 책을 보는 어른들이 있다면 '어린것들이 돈만 밝히니 말세로다'라며 혀를 차고 계실지도 모르겠습니다. 그렇지만 어린것들마저 돈만 밝히게 된 것은 돈만 밝히는 사회에서 살고 있

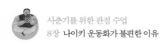

기 때문입니다. "부자 되세요"가 덕담이 되고, 돈이 많은 것은 지성이나 교양, 인품이나 지혜, 우정이나 사랑보다도 훨씬 더 많은 부러움을 삽니다.

돈 많은 집 자식은 공부를 못해도 국제중학교에 들어갑니다. 그 자식은 커서 취업 걱정을 할 필요가 없습니다. 아버지 회사를 물려받으면 되니까요. 회사 사장이 된 그는 불법적인 방법으로 더 많은 돈을 벌려고 합니다. 그래도 처벌받지 않습니다. 휠체어를 타고 법정에 몇 번 왔다 갔다 하면 어느새 다시 사장이 되어 있습니다. 상영이가 말했던 것처럼 돈이 많으면 사람도 죽일 수 있습니다. 최근 문제가 된 어느 재벌 사장의 부인은 돈으로 사람을 죽이고도 죗값을 치르지 않고 병원에 편히 누워 지냈습니다.

돈으로는 못할 것이 없는 세상에서 우리에게 돈이란 무슨 수를 써서라도 얻어야 하는 절대반지가 되어 버렸습니다. 학교에서 공부를 열심히 해야 하는 이유는 돈 잘 버는 직장에 취업하기 위해서이고, 아빠와 엄마가 우리들과 같이 보낼 시간이 없는 것은 돈을 벌어야 하기 때문입니다. 결혼상대자를 고를 때에도 돈이 우선이고, 대통령을 뽑을 때조차 누가 우리에게 많은 돈을 가져다 줄 것인가가 기준이 되어 버렸습니다.

우리는 지금 절대반지인 돈을 갖기 위해서 친구와 이웃을 배신하고, 거짓말을 하며, 사람을 죽이기까지 하는 '골룸'이 되어

가고 있습니다.

지옥에 살면서 천국을 생각하는 난장이들

●

출간된 지 30년이 지난 오늘까지 꾸준히 베스트셀러에 오르고 있는 책, 조세희 작가의 《난장이가 쏘아올린 작은 공》이라는 소설에도 돈 때문에 사람을 죽이는 사람들이 나옵니다.

우리의 할머니 할아버지들이 '우리도 잘살아 보자'며 밤낮없이 일하던 시대였습니다. 그 시대의 어느 날, 조세희 작가는 재개발 지역의 무허가 판자촌에 살고 있는 가족들과 저녁식사를 하고 있었습니다. 갑자기 철퇴와 도끼를 든 철거반원이 그 집의 담을 부수기 시작합니다. 가족들은 저녁식사를 끝내지도 못한 채 거리로 나앉았습니다. 조세희 작가는 돌아오는 길에 작은 노트를 하나 사서 난장이 가족의 이야기를 쓰기 시작했고, 그 소설이 바로 《난장이가 쏘아올린 작은 공》입니다.

난장이 아빠를 둔 아이들은 배가 고파도 먹을 수 있는 것이 없었고, 공부를 하고 싶어도 학교에 다닐 수가 없습니다. 난장이 가족은 그 집에 살고 싶었지만 머무를 수 없습니다. 왜냐하면 그들은 아무것도 가진 게 없으니까요. 난장이 가족은 임대아파트에

들어갈 돈이 없고, 평생 동안 살아온 집이 철거되었지만 갈 곳이 없습니다. 난장이 가족은 그들을 지켜줄 법이 없고, 난장이 아빠는 그들에게 대항해서 싸울 힘이 없습니다. 가진 것이 없기에 할 수 있는 것도 없었던 난장이 아빠는 죽어갑니다.

> 천국에 사는 사람들은 지옥을 생각할 필요가 없다. 그러나 우리 다섯 식구는 지옥에 살면서 천국을 생각했다. 단 하루라도 천국을 생각해보지 않은 날이 없다. 하루하루 생활이 지겨웠기 때문이다. 우리의 생활은 전쟁과 같았다. 그 전쟁에서 날마다 지기만 했다.
> ──《난장이가 쏘아올린 작은 공》

난장이는 더 이상 가족들을 먹여 살릴 힘이 없어지자 공장 굴뚝에서 떨어지지만, 사장의 아들은 잠을 깨기 위해 침대에서 나와 정원에 있는 수영장으로 몸을 던집니다. 난장이의 자식들은 중학교를 그만두고 공장에 취직하지만, 율사의 아들은 자가용으로 학교를 다니고 호텔에서 고액과외를 받습니다. 난장이 가족은 철퇴에 쉽게 부서지는 집마저 빼앗겼지만, 사장의 가족은 서울 외곽 도시 전체를 자신들만의 왕국으로 늘려갑니다.

조세희 작가의《난장이가 쏘아올린 작은 공》은 산업화 시대에 도시 빈민들이 살아가는 비참한 현실과 그들을 조금도 배려하지 않는 사회의 야만성을 그려내고 있습니다. 이제 그런 시대는 과거일 뿐이라고 말하는 사람도 있습니다. 지금 우리 사회는 공정하고, 약자를 배려하며, 생명을 소중하게 여기는 나라가 되었다고 주장합니다.

청년들은 등록금 2백만 원이 없어서 휴학을 하지만 재벌의 후계자들은 2억 원짜리 자동차를 취미로 모읍니다. 가난한 사람들을 몰아낸 곳에는 수억 원짜리 아파트가 들어서고 있으며, 돈을 벌 수 있다며 흐르는 강을 막아버려 그 안의 생명들까지 죽어가고 있습니다. 돈만 있으면 사람도 죽일 수 있다고 믿는 지금 이 시대는 난장이가 겪어야 했던 현실과 많이 다른가요?

부자와 빈자의 갈림길에서

●

20세기 초반 산업혁명으로 최전성기를 누리던 영국에도 난장이 가족들이 있었습니다. 한편에서는 산업혁명과 식민지 경영, 대량생산으로 부를 쌓아갔지만, 또 다른 한편에서는 네다섯 살의 어린아이들까지 돈을 벌기 위해 공장으로 내몰리고 있었습니다.

각 개인이 돈을 많이 벌면 결국 전 인류의 부(富)가 높아질 것

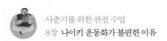

이라는 사회의 믿음에 대해 영국의 사회사상가인 존 러스킨 (John Ruskin)은 부는 상대적인 개념에 불과하다며《나중에 온 이 사람에게도》라는 책에서 반론을 제기합니다.

예를 들어 나와 친구들은 만 원씩 가지고 있습니다. 옷가게에 옷이 한 벌 있고, 우리 모두 그 옷을 갖고 싶습니다. 어쩌면 나는 그 옷을 사지 못할 수도 있습니다. 그 옷을 사기 위해서 나는 친구들보다 더 많은 돈을 가져야 합니다. 만 원의 힘은 만 원이라는 절대적 가치를 지닌 것이 아니고 내가 가진 것과 내 친구가 가진 것의 차이에서 비롯되는 상대적인 힘입니다. 즉 내 손 안에 든 만 원은 내 친구에게 만 원이 없을 때 그 가치를 인정받는 것입니다. 이것이 러스킨이 이야기 하는 부의 개념입니다.

'북쪽'이라는 말이 반드시 '남쪽'이라는 반대말을 연상시키는 것처럼 '부유(富裕)'라는 말도 반드시 그 반대말인 '빈곤'을 연상시키는 상대어이다. 사람들은 부가 절대적인 것이어서 경제학의 일정한 가르침에 따르기만 하면 누구나 다 부자가 될 수 있는 것처럼 말한다. 하지만 원래 부는 전기와 비슷한 힘이어서 그 자체의 불균형 또는 자기 부정을 통해서만 작용한다.

——《나중에 온 이 사람에게도》

러스킨은 누군가 돈을 많이 번다는 것은 그 만큼 누군가는 부를 빼앗기고 더 많이 가난해져야 가능하다고 합니다. 투기꾼이 돈을 더 많이 벌기 위해서는 재개발 지역의 난장이 가족들에게 더 싼 가격에 입주권을 사야 합니다. 재개발 지역 사람들이 아파트를 살 돈이 있다면 투기꾼에게 입주권을 팔지 않을 테니 재개발 지역 사람들이 더 가난할수록 투기꾼에게는 더욱 이익입니다. 투기꾼은 난장이 가족의 가난을 이용해서 더 많은 돈을 법니다.

난장이의 아들과 딸이 다니던 공장의 사장은 노동조합을 인정하지 않습니다. 노동자들이 뿔뿔이 흩어져 힘이 없어야 자신이 더 많이 착취할 수 있기 때문입니다. 러스킨의 이야기에 따르면 부를 축적한다는 것은 자신만 유리하도록 최대한 불평등을 만드는 기술입니다.

《난장이가 쏘아올린 작은 공》에는 두 종류의 사람들이 등장합니다. 돈을 많이 벌기 위한 기술을 익힌 자와 그렇지 않은 자, 러스킨의 표현을 빌리면 빼앗는 자와 빼앗기는 자가 존재합니다.

누군가는 난장이 가족이 마지막 식사를 한 집을 헐어 높은 아파트를 짓고 돈을 많이 벌었을 것입니다. 누군가는 난장이 형제들의 근면성실한 노동을 이용해서 더 많은 돈을 벌었을 것입니다. 임대아파트에 입주할 돈이 없어서 임대권을 팔고 거리에 나앉아야 했던 난장이 가족이 있는 반면, 임대권을 헐값에 싹쓸이

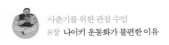

했다가 두 배 값을 받고 팔아치우는 투기꾼들이 있습니다. 제대로 잠도 못자고 일하면서 정당한 임금을 받지 못하는 난장이의 아들과 딸들이 있다면, 노동자들의 저항과 항의를 무시하고 그들에게 뼈와 살을 발라내는 기업가들이 있습니다. 가진 것이 없고, 할 수 있는 일이 없어서 죽음을 선택했던 난장이가 있다면, 이미 많은 것을 소유하면서도 더 많은 것을 가지고 싶어 하는 다른 사람들이 있습니다.

난장이와 그 가족들은 계속해서 뺏기는 삶을 삽니다. 난장이 가족들은 단 한 발자국도 움직일 수가 없습니다. 그들이 살고 있던 세상에는 빈자와 부자가 너무나 엄격하게 나누어져 있기 때문입니다.

우리는 출생부터 달랐다. 나의 첫 울음은 비명으로 들렸다고 어머니는 말했다. 나의 첫 호흡이 지옥의 불길처럼 뜨거웠을지도 모를 일이다. 나는 모태에서 충분한 영양을 보급 받지 못했다. 그의 출생은 따뜻한 것이었다. 나의 첫 호흡은 상처난 곳에 산을 흘려 넣는 아픔이었지만, 그의 첫 호흡은 편안하고 달콤한 것이었다. 성장 기반도 달랐다. 그에게는 선택할 것이 많았다. 나나 두 오빠는 주어지는 것 이외의 것을 가져본 경험이 없다. 그는 자라면서 더욱 강해졌지만 우리는 자라면서 반대로 약해졌다.

《난장이가 쏘아올린 작은 공》

난장이가 살고 있는 세계와 사장이 살고 있는 세계는 도저히 화해할 수 있을 것 같지 않습니다. 우리는 어떤 세계에 들어가야 하는 것일까요? 우리는 빼앗는 자가 될까요, 빼앗기는 자가 될까요? 어른들은 세상의 비정함을 경고하면서 빼앗는 자가 되기 위해 어떻게든 이기라고 부추깁니다. 경쟁에서 살아남기 위해 더 능력을 키우고, 더 열심히 돈 버는 기술을 배우라고 강요합니다.

그러나 누구나 승자가 될 수는 없습니다. 게다가 우리는 승자가 되기보다는 패자가 될 확률이 더 높습니다. 부모님이 재벌이 아닌 한, 우리들 대부분은 더 많이 가진 자에게 고용되어 살아갈 것이기 때문입니다. 어떤 이들은 빼앗기는 자끼리 연대하여 빼앗는 자의 팔을 부러뜨려야 한다고 선동합니다. 빼앗는 자와 빼앗기는 자, 그 해답은 없을까요?

두 개의 세계, 해답은?

●

두 아이가 굴뚝 청소를 했습니다. 한 아이는 얼굴이 새까맣게 되어 내려왔고, 또 한 아이는 깨끗한 얼굴로 내려왔습니다. 누

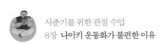

가 얼굴을 씻었을까요? 다들 정답을 알고 있을 것입니다. 얼굴을 씻는 쪽은 깨끗한 얼굴을 한 아이입니다. 상대방의 더러운 얼굴을 보고 내 얼굴도 더러울 것이라고 생각했기 때문입니다.

그러나 조세희 작가는 또 다른 정답을 내놓습니다. 바로 질문과 답이 모두 틀렸다는 것입니다. 두 아이가 함께 똑같은 굴뚝을 청소했는데 한 아이만 깨끗하고, 다른 아이는 더러울 수 없습니다. 우리는 같은 세상에 살고 있기 때문입니다. 절대 만날 수 없을 것 같던 두 개의 세계는 사실 하나의 세계에서 존재하고 있습니다.

같은 세상에 살아야 하는 두 개의 세계는 대립할수록 서로에게 상처를 주게 됩니다. 소설 속에 인용되는 월터 스콧(Walter Scott)의 말처럼 가난한 노동자들을 혹사시킬수록 그 가난한 노동자들은 스스로 폭탄이 되고, 언젠가 폭발하여 모든 것을 날려 버릴 수도 있습니다. 아놀드 토인비(Arnold Joseph Tonybee)가 지적한 것처럼 부당하게 희생되는 이들은 자신의 운명에 맞설 때 그들의 착취자가 보여준 냉혹함을 능가할 수 있기 때문입니다.

난장이의 딸을 겁탈한 투기꾼은 입주권을 빼앗긴 다른 재개발 지역의 주민에게 죽임을 당합니다. 난장이의 딸은 스스로 죽음과 같은 선택을 하고, 율사의 아들은 죽음과 같은 방황을 합니다. 난장이의 아들은 사장을 죽이려고 했고, 그 아들은 다시 죽임을 당합니다. 이것은 '일종의 싸움'이었습니다. 누군가 이겨야 끝나는 싸움이 아니라 계속해서 서로 몸에 칼집을 내는 싸움입니다. 아무것도 가지지 못한 난장이들은 앙상한 뼈와 가시만 남은 가시고기가 되고, 그 가시고기를 잡으려고 애쓰는 사장은 그들의 가시에 갈가리 찢기고 맙니다.

꿈속에서 그물을 쳤다. 나는 물안경을 쓰고 물 속으로 들어가 내 그물로 오는 살찐 고기들이 그물코에 걸리는 것을 보려고 했다. 앙상한 뼈와 가시에 두 눈과 가슴지느러미만 단 큰 가시고기들이었다. 수백 수천 마리의 큰 가시고기들이 뼈와 가시 소리를 내며 와 내 그물에 걸렸다. 나는 무서웠다. 밖으로 나와 그물을 걷어 올렸다. 큰 가시고기들이 수없이 걸려 올라왔다. 그것들이 그물코에서 빠져나와 수천 수만 줄기의 인광을 뿜어내며 나에게 뛰어올랐다. 가시가 몸에 닿을 때마다 나의 살갗은 찢어졌다. 그렇게 가리가리 찢기는 아픔 속에서 살려달라고 외치다 깼다.

—《난장이가 쏘아올린 작은 공》

러스킨은 승자가 되어 빼앗으려는 자본주의 경제학을 '속류 경제학'이라고 규정하며 비난했습니다. 그리고 부자의 팔을 부러뜨려 그 손에 든 것을 되찾으려는 사회주의 경제학을 '파괴의

경제학, 죽음의 경제학'이라며 받아들이지 않았습니다. 불공정한 방법으로 승자가 되어서도 안 되며, 강자의 팔을 부러뜨려서도 안 된다고 합니다. 대신 러스킨은 "그 힘센 팔을 더 좋은 목적에 사용하도록 가르쳐라"라고 주장합니다. 결국 우리는 같은 세계에 살아가야 하기 때문입니다.

사랑과 정의의 경제학

●

굶주린 두 사람이 빵 하나를 얻게 됩니다. 이 둘은 어떻게 할까요? 그 빵을 차지하기 위해 서로 싸우고 죽이려고 할까요? 만약 그 둘이 엄마와 아들이라면요?

러스킨은 이 예를 들며 이해관계가 상반된 사람들이라고 해서 언제나 대립하는 것은 아니라고 말합니다. 고용주와 고용인의 관계도 이처럼 서로에 대한 애정과 정의를 향한 노력으로 해결될 수 있다고 주장합니다. 그는 경제 발전은 사람의 이기심이나 계급간 투쟁이 아니라 인간의 애정과 정의를 향한 노력으로 이루어질 수 있다고 믿었습니다.

인간에 대한 애정과 정의를 전제한다면, 사람들은 단순히 돈을 많이 벌기 위해서 또는 경쟁에 이기기 위해서 열심히 일을 하지는 않습니다. 이기심이나 경쟁심 말고도 인간은 정의와 공평 무사함을 원합니다. 러스킨은 노동력에 대한 공정한 대가의 지 불, 노동자가 안정된 생활을 할 수 있도록 불안정한 노동관계에 대한 충분한 보상, 노동으로 인해 향후 창출될 수 있는 가치에 대 한 반환, 비숙련 노동자에 대한 차별 없는 대우가 '공평무사함'이 라고 말합니다. 이를 통해 부는 한 개인의 손에 집중되지 않고 다 수의 사람들에게 널리 분배될 수 있습니다. 그리고 정의와 공평 무사함의 동력은 바로 사람들이 지닌 사람에 대한 애정과 존경 이라는 점을 덧붙입니다.

> 정의의 보편적이고 항구적인 작용은 한 개인의 손에 있는 부가 다수의 사람에게 미치는 지배력을 줄이고, 사람들의 연 쇄를 통하여 그 힘을 널리 분배하는 것이다.
>
> ──《나중에 온 이 사람에게도》

정의와 사랑의 경제학을 주장한 러스킨도 돈을 많이 번다는 것에 대해 비난하지 않습니다. 다만 돈을 많이 벌기 위해 하는 정 당하지 않은 방법들을 비난합니다. 정당하다는 것은 합법적인 것과는 다릅니다. 그러나 많은 곳에서 정당하지 않은 방법들이 힘 있는 자들에 의해 합법적인 것으로 둔갑합니다.

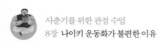

가장 싼 가격에 사기 위해서는 가장 가난한 자들을 이용하고, 그들의 생명을 해치거나, 자연과 환경을 훼손하는 것은 합법적일 수는 있지만 정당한 것이 아닙니다. 러스킨은 부자든 가난한 자든 자신들의 재산과 권리를 지킬 권리가 있다는 점을 지적합니다. '가난한 자를 가난하다는 이유로 탈취하지 말고 곤고한 자를 상업의 장소에서 억압하지 말라'는 잠언을 들어 가난한 자를 이용하여 부를 축적하는 행위를 비난합니다.

스포츠 브랜드 나이키를 알고 있죠? 전 세계적으로 나이키 상품 불매 운동이 일어났던 적이 있습니다. 1996년 베트남의 나이키 하청 공장에서 일하는 아동들의 실태가 보도된 후였습니다. 나이키는 인도네시아, 베트남의 어린아이들에게 하루 1.6달러를 주고 일을 시켰던 것입니다. 하루 식비 2달러도 되지 않는 돈이었습니다. 가난한 아이들은 1.6달러라도 벌기 위해 하루 종일 나이키 운동화를 꿰매야만 했습니다. 그 어린아이들이 만든 농구화는 우리나라를 비롯한 선진국 등지에서 100달러를 훌쩍 넘기는 가격에 팔렸습니다.

세계적인 글로벌 기업 나이키는 세계에서 가장 가난한 어린아이들을 고용하여, 세계에서 가장 싼 임금을 주고, 가장 비싼 가격에 운동화를 판 것입니다. 이 사실이 알려지면서 나이키는 엄청난 비난을 받았고, 노동 조건의 부당함을 사과하고 개선을 약속

했습니다.

코카콜라 인도회사가 생산비 절감을 위해 지하수를 사용해 정작 인도 주민들은 식수난에 시달려야 했던 것, 호텔을 짓기 위해 브라질 열대우림지역을 벌목하여 기후변화를 초래하는 것, 투기꾼이 돈을 벌기 위해 가난한 사람들의 입주권을 헐값으로 사들였던 것, 부동산 회사가 큰 이윤을 남기기 위해 가난한 사람이 모여 있는 집을 헐어 버리는 것. 러스킨에 의하면 모두 돈을 많이 벌기 위한 정당하지 않은 기술입니다.

러스킨은 '가장 싼 시장에서 사고 가장 비싼 시장에서 팔라'는 경제학의 교훈만큼 수치스러운 사상은 역사상 단 한 번도 없었다고 일갈합니다.

> 빈자는 부자의 재산을 침해할 권리가 없다는 것은 오래전부터 주지되고 공언되어 왔지만, 동시에 부자 역시 빈자의 재산을 침해할 권리가 없다는 사실도 주지되고 공언되기를 나는 간절히 바란다.
>
> ──《나중에 온 이 사람에게도》

나는 어떻게 할 것인가

●

먹느냐 먹히느냐 하는 살벌한 경쟁의 시대에 대한 해답으로 제시한 것이 고작 '사랑과 정의'라니 황당한가요? 사랑, 말이 쉽지 냉혹한 현실 앞에 그 말이 실현될 수 있을까 하는 의문이 들 수도 있습니다. 그래서 러스킨의 주장을 너무 순진한 이상주의에 불과하다고 비판하는 사람들도 있습니다. 인간의 사랑이나 존경의 감정을 통해서 현재 자본주의의 병폐를 치유할 수 있다는 주장은 소설 속에서나 가능하다고요. 게다가 소설 속에서도 이루어지지 않습니다. 난장이 가족이 기대했던 사랑의 세계는 현실에서 이루어지지 않았고, 난장이는 그대로 죽고 말았으니까요.

하지만 찬찬히 생각해보면 러스킨의 주장이야 말로 우리가 택할 수 있는 가장 적절한 대안입니다. 자본주의 경제학자가 주장하는 것처럼 약자를 이용하여 부자가 될 수도 없고, 사회주의 경제학자가 주장하는 것처럼 지금의 사회를 부정하고 부자들을 타도하기 위해 총을 들 수도 없는 일입니다. 생명을 해치는 일로 돈을 벌지 말고, 생명을 해치는 소비는 하지 말라는 것, 그것은 우리가 지금 당장 실천할 수 있는 해답이 아닐까요?

러스킨에게 경제학에서의 생산과 소비활동은 모두 인간을 향해 있습니다. 좋은 노동이란 생명을 생산하는 노동이고, 좋은 소비란 생명을 구할 수 있는 소비여야 합니다. 자본주의 경제학에서는 돈을 벌 수 있다면 폭탄을 생산하는 것도 정당화 될 수 있지만, 러스킨은 생명을 해하는 생산활동은 좋은 노동이 아니라고 말합니다. 자본주의 경제학에서는 내 돈을 내가 마음대로 사용할 수 있지만, 타인의 생명을 착취해서 만든 물건을 소비하는 것은 좋은 소비가 아닙니다.

> 여러분이 이웃을 위해 포도를 재배하든 포도탄을 만들든 그것은 여러분의 자유다. 그러면 이웃도 교환적으로 여러분을 위해 포도를 재배하거나 포도탄을 만들 것이다. 그리고 여러분과 이웃은 각자 뿌린 대로 거둬들이게 될 것이다. 물건을 살 때는 먼저 그 물건의 생산자에게 여러분이 어떤 생활조건을 가져다줄지를 고려해야 한다. 여러분이 지불하는 돈이 생산자에게 과연 정당한지, 그 돈이 정당한 비율로 생산자의 손에 들어가는지를 고려해야 한다.
>
> ──《나중에 온 이 사람에게도》

내가 직업을 선택할 때 나의 노동이, 나의 직업이 내 이웃에게 어떤 영향을 줄 것인지 고민해야 합니다. 그리고 내가 내 돈으로 물건을 사더라도 그 물건의 생산자에게 나는 과연 정당한 대가를 지불하고 있는지 고려해야 합니다.

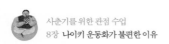

인간이 다른 인간을 돈을 벌기 위한 수단으로 이용하는 사회, 돈을 버는 것이 마치 당연한 숙명으로 인정되는 사회, 돈으로 무엇이든 이룰 수 있다고 믿는 사회 속에서 러스킨이 말하는 '인간을 위한 경제학'은 정말 이상하게 들릴 수도 있습니다. 그렇지만 러스킨은 '이 문제에서 정말로 이상한 단 한 가지 점은 이 이야기들이 이상하게 들려야 한다는 사실 그 자체'라고 분노합니다. 우리에게 필요한 경제학은 과연 무엇일까요?

지속적으로 성장하는 경제는 더 이상 건강하지 않을 뿐 아니라 암에 지나지 않는다는 것이 끊임없이 증명되어야 한다. 그리고 경쟁이라는 이름 아래에서 일어나는 범죄적인 낭비는 강렬한 힘과 결의로써 완전히 중단되어야 한다. 경제학은 생태학의 조그마한 가지로 이해되어야 하며, 기업이나 단체에 의한 생산, 분배, 소비도 자연에서 볼 수 있듯이 우아함과 한가함으로 이루어져야 한다.

— 케이스 머리, 《자발적 가난》

BOOK

《난장이가 쏘아올린 작은 공》

조세희1942~ | 이성과 힘 | 2000

소외받는 사람들 곁을 지키는
조세희 작가의 대표작

조세희 작가는 1975년 난장이 연작의 첫 작품 〈칼날〉을 발표하면서 문단의 주목을 받았다. 이후 난장이 연작을 묶어 1978년 《난장이가 쏘아올린 작은 공》을 출간한다. 1970년대 한국사회의 빈부격차와 노사대립이라는 사회적 문제를 아름답고 동화적인 어법을 통해 극적으로 표현하고 있다. 출판된 지 30년이 지난 지금까지 100만 부가 넘게 꾸준히 읽히고 있는 한국문학의 대표작이다. 지금도 소외된 삶의 비명소리가 나는 곳에는 언제나 조세희 작가가 그 곁을 지키고 있다.

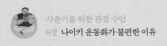

《나중에 온 이 사람에게도 Unto This Last**》**

존 러스킨John Ruskin, 1819~1900 | 열린책들 | 2009

'사랑과 정의'의 이름을 가진 경제학

'나중에 온 이 사람에게도'는 마태복음 제20장의 구절이다. 포도밭에서 새벽부터 늦게까지 일한 사람과, 늦게 도착하여 짧은 시간 일한 사람에게 똑같은 임금을 지불하는 것을 천국으로 비유하고 있다. 러스킨은 가장 곤궁한 사람에게도 그 사회의 평균임금을 지불할 수 있는 사회를 천국이라고 생각한 것이다. 문학과 미술에 조예가 깊었던 그는 문화비평가로 활동하던 중, 영국의 비참한 경제현실에 눈을 뜨고 사회사상가로 변모한다. 간디, 톨스토이, 버나드 쇼 등은 그를 당대 최고의 사회개혁자라고 평하기도 했다.

| 돈에 대하여 |

착한 소비는 어떨까요?

경제학은 너무 멀게만 느껴진다고요? 아직 돈을 버는 나이가 아니니 그럴 수도 있겠네요. 하지만 우리는 경제활동을 하고 있습니다. 돈을 벌지는 않지만 쓰고는 있잖아요. 이왕이면 잘 쓰는 것이 좋겠죠? 이웃을 해치지 않고, 생명을 소중히 하면서, 나와 이웃 모두 잘 살 수 있는 그런 경제활동을 해보는 것은 어떨까요?

착한 소비라는 것이 있습니다. 환경을 해치거나 생명을 무분별하게 죽여서 얻은 물건은 사지 않는 것입니다. 동물을 학대하거나, 사람을 착취하여 돈을 버는 회사의 물품을 구매하지 않는 것입니다. 지금 당장 우리가 할 수 있는 착한 소비는 무엇이 있을까요? 일회용품을 조금 덜 사용하는 것, 대형마트 대신 전통시장이나 골목가게를 이용하는 것, 친환경 제품이나 공정무역 상품에 대해 알아보는 것부터 시작할 수 있습니다. 우리도 착한 소비자가 되어보자고요.

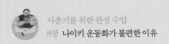

9장

잃어버린 나의 권리 찾기

—

《전태일 평전》 : 조영래 & **《권리를 위한 투쟁》** : 루돌프 폰 예링

가방 하나로 위험한 학생이 되다

●

청소년 시절 가장 억울했던 기억은 책가방 때문이었습니다. 제가 다닌 고등학교는 비교적 자율적인 분위기라서 교복을 입었지만 신발, 가방, 머리에 대해서는 아무런 규제가 없었습니다. 그러던 어느 날 새로운 교장선생님이 부임해 오셨습니다. 별안간 교장선생님은 등에 메는 책가방인 백팩이 '여학생답지 못하다'

며 손에 드는 가방이나 한쪽 어깨에 메는 가방을 들 것을 명령하셨고, 그것은 곧 교칙이 되어 버렸습니다.

교장선생님이 백팩 금지의 날로 정한 그날 아침, 저는 여전히 백팩을 메고 등교했습니다. 가방은 무겁고 아침저녁으로 만원버스를 타야 하니 백팩이 아니면 무게를 감당할 수가 없었기 때문입니다. 하지만 그 대가로 저와 친구들은 교문에서 학생주임 선생님에게 가방을 뺏겼고, 교과서와 필통, 도시락 두 개까지 가슴 한가득 안고 교실로 올라가야 했습니다. 손에 드는 가방을 새로 사기 전까지는 백팩을 찾지 못할 것이라는 통보와 함께 말이죠. 우리는 왜 편한 백팩을 두고 불편한 가방을 들어야 하는지 도저히 이해가 되지 않았습니다.

"교장선생님한테 한번 물어볼까?"

"뭘?"

"왜 백팩은 안 되는지 물어보면 되잖아."

"그래도 되나?"

"교장실 앞에 '교장실은 항상 열려있습니다. 언제든지 환영합니다'라고 써있잖아. 우리 가서 물어보자.'

"그래 교장선생님한테 물어보자."

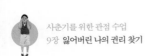

왜 백팩은 여학생답지 못하다는 건지, 여학생다운 건 어떤 것인지, 교과서와 참고서, 도시락 두개까지 어떻게 손에 드는 가방에 넣고 다니라는 것인지 이해할 수 없는 것투성이었습니다. 도대체 그 손에 들고 다니는 책가방을 팔기는 하는 것인지 조차 궁금해질 지경이었습니다.

이렇게 해서 우리는 교장선생님에게 여쭤보기 위해 점심시간에 교장실을 찾았습니다. 마침 교장선생님은 자리를 비우고 안 계셨습니다. 서서 기다리자니 다리가 아파 복도에 주저앉아 이야기를 나누면서 있었습니다. 하지만 점심시간이 끝나갈 때까지 선생님은 오지 않으셨고 우리는 오후 수업을 위해 교실로 돌아갔습니다.

"교장선생님한테 한번 물어볼까?"로 시작된 우리들의 작은 시도는 오후가 되자 거대한 음모가 되어 돌아왔습니다. 우리는 교칙을 지키지 않는 불량한 학생이며, 교장실 앞에서 '연좌시위'를 한 위험한 학생이 되어 버렸습니다. 맨 처음 교장선생님께 물어보자고 제안했던 친구는 시위의 주동자로 지목 당했습니다. 교장선생님께 할 말이 있었을 뿐이라고, 연좌시위가 아니고 다리가 아파서 앉았던 거라고 호소했지만 소용없었습니다. 그날 우리들은 학생주임 선생님께 체벌과 반성문, 그리고 부모님 통보라는 3종 세트를 모두 마치고야 풀려날 수 있었습니다.

시간이 흘러 어깨에 둘러매는 크로스백이 유행하면서 우리 학교 친구들도 하나둘씩 백팩을 버리고 크로스백을 사기 시작했습니다. 이렇게 백팩 논쟁은 우리 학교에서 자연스럽게 감추었습니다. 그러나 저에게는 이유를 알 수 없는 억울함과 부당함의 기억만은 계속 남게 되었습니다.

지금의 청소년들 역시 많은 규칙들 속에서 살고 있습니다. 아무리 날이 더워도 반바지를 입지 못하는 학교가 많습니다. 한겨울에도 교복 위에 점퍼나 코트를 입지 못하게 하는 학교도 있어 학생들은 코트를 입고 등교하다 교문 앞에서 벗어 종이가방에 넣고 하교할 때 코트를 다시 몰래 꺼내 입는다고 합니다. 또 다른 학교에서는 007요원이나 들고 다닐법한 서류가방만 허락해서 '철가방 학교'라는 놀림을 받기도 합니다. 지켜야 할 것은 너무나 많고, 규칙들이 어떤 가치를 가진 것인지 알 수 없습니다. 심지어 이 모든 것들을 왜 지켜야 하는 것인지 생각해 볼 여유조차 없습니다.

때로는 실체를 알 수 없는 부당함과 억울함으로 화가 나기도 합니다. 주위를 둘러보면 내 친구들도 모두 똑같이 살고 있습니다. 다들 그러려니 참고 사는데 나만 부당하다고 소리쳐 봤자 소용없을 것 같습니다. 부모님이나 선생님에게 물어봐도 왜 그런 걸 묻느냐며 그런 거 생각할 시간에 공부나 하라고 합니다. 불만

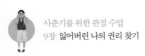

과 불평은 쌓여가고 짜증은 늘어갑니다. 그저 학교에서 시키는 대로, 사회가 바라는 대로 적당히 맞춰주는 척할 뿐입니다. 가끔씩 몰래 담배를 피거나, 부모님께 대들거나, 학교를 빠지거나 하는 나만의 방식으로 억울함에서 시작된 분노를 잠깐이나마 가라앉혀 볼 뿐입니다.

세상을 바꾸고 싶었던 한 청년

●

지금은 예쁜 가로수와 시원한 물줄기가 흐르는 청계천이지만, 40여 년 전 이곳은 조그맣고 영세한 의류공장이 모여 있던 곳이었습니다. 그곳에서 1970년 11월 13일에 한 청년이 온 몸에 휘발유를 붓고 불을 붙인 후 "근로기준법을 준수하라", "우리는 기계가 아니다"라고 외치며 달리다 쓰러져 끝내 일어나지 못했습니다. 그 청년이 바로 늘 '아름다운 청년'이라는 수식어가 함께하는 전태일입니다.

전태일은 한국에 개발 광풍이 불고, 인간은 돈을 버는 도구로서만 존재의 가치를 인정받던 시대에, 인간답게 살 권리를 외치며 22살의 나이로 쓰러져간 청년입니다. 동료들이 인간답게 살 수 있도록 이 아름다운 청년은 자신의 생명을 내어주었습니다.

전태일은 평화시장의 의류공장에서 하루 열네 시간의 중노동을 견뎌야 했지만 무허가 판자촌을 벗어나지 못했고, 매일 배고픔에 시달려야 했습니다. 학교에 다녀야 할 열서너 살의 소녀들이 '시다'라는 이름으로 사방이 꽉 막힌 닭장 같은 공장에서 햇빛 한 번 보지 못하고 일했습니다.

유치장은 죄를 지은 사람이 재판을 받기 전에 잠시 머무는 곳입니다. 1955년 UN에서는 각 나라에 유치장에 대한 기준을 권고하였습니다. 한 사람에게 최소한 1.3평의 공간이 제공되어야 하고, 자연 채광과 적절한 환기시설이 갖춰져야 하며, 세 명당 한 개의 화장실이 있어야 한다는 것입니다. 아무리 죄를 지은 사람이라 할지라도 최소한의 인간적인 생활을 보장해주어야 한다는 것이죠.

전태일과 그 친구들이 조사한 바에 따르면, 당시 평화시장 노동자는 단 0.1평도 안 되는 공간에서 일을 하고 있었습니다. 2천 명의 사람들이 한 개의 화장실을 사용했습니다. 만 명이 넘는 사람들이 오가는 건물 안에는 환기장치가 전혀 없었습니다. 평화시장의 노동자들은 UN이 말하는 최소한의 인간적인 생활조차 보장받지 못하고 있었던 것입니다.

전태일을 비롯한 그곳의 사람들은 감옥보다도 못한 환경 속에서 생존을 위한 최소한의 돈만을 받으며 피와 땀을 뺏기고 있었

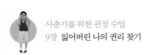

습니다. 극심한 근로조건과 작업환경으로 직업병에 걸려도 치료한 번 받아보지 못하고 해고를 당합니다. 감히 사장에게 대들었다가는 길거리에 나앉을 판이니 어떤 말도 할 수가 없습니다. 어렴풋이 무엇인가 잘못되었다는 생각이 들어도, 먹고 살기 위해서는 참을 수밖에 없다고 포기해버렸습니다.

얼음장처럼 차가운 현실에서만 살아온 사람들은 이내 고통에 익숙해져서 스스로의 인격과 존엄성은 잊어버립니다. 독일의 철학자 니체(Friedrich Wilhelm Nietzsche)가 《도덕의 계보》에서 밝힌 바와 같이 '겁 많은 비열은 겸허로 바뀌고 증오하는 상대에 대한 복종은 순종으로 바뀌어' 근면성실이라는 무거운 십자가를 등에 업고 언제 올지 모르는 새날을 기다리고 있을 뿐입니다.

> 그는 다만 생존하기 위하여 현실의 부당한 행태와 그로부터 오는 자신의 고통을 참을 수밖에 없다고 생각하고 만다. 때때로 무언가 '부당하다' 또는 '억울하다'는 생각이 들 때가 있으나, 역시 자신은 '무력'하며 그것은 시정될 길이 없으므로 그는 곧 머리를 흔들어 그런 건방진 생각을 털어버린다. 인내는 그의 영원한 금과옥조로 된다.
>
> ──《전태일 평전》

전태일이 세상을 바꾸겠다고 하자 사람들은 '바보 같은 짓'을 한다고 손가락질 했습니다. 그러나 전태일에게 진정한 '바보'는 인간으로서 당연히 누려야 할 권리를 잊은 채, 스스로 기계나 노예가 되어 가는 것이었습니다. 그래서 '그동안 바보같이 살아왔으니 앞으로는 바보 같이 살지 말자'라는 뜻에서 1969년 평화시장 재단사들과 만든 모임을 '바보회'라 이름 붙였다고 합니다. 계란으로 바위치기가 되더라도 세상을 바꿔보려는 사람과 세상은 원래 그런 건데 뭐 하러 자신을 희생하느냐고 하는 사람, 둘 중 누가 정말 바보일까요?

인간답게 산다는 것

●

19세기 독일의 법학자 루돌프 폰 예링(Rudolf von Jhering)은 그의 책《권리를 위한 투쟁》에서 법학자로서 쌓아온 평생의 이념을 '법의 목적은 평화이며 그 수단은 투쟁'이라고 요약하였습니다. 그는 다툼을 피하기 위해 권리를 포기하는 것보다, 자신의 권리를 지키기 위해 기꺼이 싸우는 쪽을 택해야 한다고 했습니다.

　인간이라면 누구나 존중받으며 살아갈 권리가 있으며 다른 사람이 자신을 기계나 노예, 동물이나 물건으로 취급하는 것을 참아서는 안 되기 때문입니다. 살아 있는 모든 사람은 자신의 생존과 존엄성을 지켜야 하며, 자신의 생존과 존엄성을 파괴하는 불법은 당연히 개인이 맞서 싸워야 합니다. 그런 점에서 예링은 권리를 위한 개인의 투쟁을 '의무'라고 규정짓습니다.

> 인격 자체에 도전하는 굴욕적 불법에 대한 저항, 즉 권리에 대한 경시와 인격적 모욕의 성질을 지니고 있는 형태로서의 권리 침해에 저항하는 것은 의무다. 왜냐하면 권리의 실현을 위해서는 불법에 대한 저항이 필요하기 때문이다. 자신의 존립을 위한 주장은 생명을 가진 모든 피조물의 최고의 법칙이다.
>
> ──《권리를 위한 투쟁》

전태일은 자신의 권리를 찾기 위해 싸우기로 결심합니다. 인간으로서의 존엄성을 포기할 수가 없었기 때문입니다. '다 같은 인간인데 어찌하여 빈한 자는 부한 자의 노예가 되어야 하는지, 왜 가장 청순하고 때 묻지 않은 어린 소녀들이 때 묻고 부한 자의 거름이 되어야 하는지' 이해할 수 없었습니다. 전태일은 '희망의 가지가 잘린 채' 인생을 견디고 싶지 않았습니다. 내일의 행복을 상상할 수 있는 자유, 일한 만큼 돈을 받는 권리, 인간답게 살아보고 싶은 희망을 갖고 싶었습니다. 그는 인간다운 삶을 위해 세상을 바꾸어 보기로 합니다. 전태일, 자신의 모든 것을 건 싸움이 시작되었습니다.

중학교도 제대로 나오지 못한 청년이 어려운 한자와 알 수 없는 문장들로 가득 찬 법전을 읽는다는 게 쉬운 일은 아니었습니다. 하지만 그는 자신의 정당한 권리를 알아가기 위해 근로기준법을 공부합니다. 휴식할 수 있는 권리, 야간노동을 하지 않을 수 있는 권리, 정당한 임금을 받을 수 있는 권리, 깨끗하고 건강한 환경에서 일할 수 있는 권리가 법전 안에 누워 있었습니다.

전태일은 글자로 존재하는 우리들의 권리가 현실 속에서 살아 돌아다닐 수 있도록 깨우기로 합니다. 그래서 동료들을 만나고, 선배들을 만나 함께 이야기 하며 자신들의 권리를 하나하나 깨닫고, 새록새록 새로운 세상을 알아갔습니다. 전태일의 싸움은 자신을 위한 싸움인 동시에, 자신보다 더 나약하고 더 상처받은 어린 여공들을 위한 싸움이기도 했습니다.

죽어가는 저 여공들을 살리자. 우리의 생명과 건강을 갉아먹고 삶의 모든 기쁨과 보람을 빼앗아가며, 우리를 비정한 현실의 쓰레기로 만드는 저 잔인한 노동조건을 내 힘으로 바꾸어보자. 어떤 어려움이 닥치더라도 기어이 해보자.

──《전태일 평전》

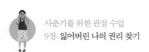

인간답게 살 권리를 외치며 죽어간 전태일은 한국 사회에 큰 충격을 안겨줍니다. 거대하고 견고해서 절대 빠져나갈 수 없었던 평화시장의 감옥문에 조그마한 틈이 생겼습니다. 한 젊은 노동자의 죽음으로 한국사회는 처참한 노동환경에 눈을 떴습니다. 언론과 정부에서 관심을 갖기 시작했고, 지식인들이 현장으로 뛰어들기 시작했습니다. 그러나 무엇보다 중요한 것은 전태일을 '바보'라고 불렀던 동료들이 스스로의 권리에 대해 눈을 뜨기 시작했다는 것입니다.

전태일의 분신 이후 청계천 평화시장의 노동자들은 '청계피복노동조합'을 만듭니다. 그리고 그 해에만 전국에서 2,500여 개에 달하는 노동조합이 결성되었습니다. 자신의 권리를 위해 스스로 목소리를 찾아가기 시작한 것입니다. 아름다운 청년은 그의 목숨을 걸어, 죽어가던 여공들을 살려내고, 두꺼운 법전 속에 묻혀 죽어가던 우리들의 권리를 살려냈습니다.

당연히 찾아오는 권리란 없다

●

우리는 자신의 권리가 부당하게 침해당했을 때 두 가지의 선택지를 가지고 있습니다. 나의 권리를 주장하여 상대방에게 저항할 것인지, 아니면 나의 권리를 포기하고 다툼을 피할 것인지 선택해야 합니다. 그러나 어떤 것도 희생하지 않은 채 권리를 찾을 수는 없습니다.

전태일은 무엇인가 부당하다고 느꼈을 때 다른 사람들처럼 고개를 저어 생각을 털어내 버리거나 세상을 향해 푸념하지 않았습니다. 자신이 느낀 부당함의 실체를 알기 위해 근로기준법을 공부하고, 동료들과 이야기 하고, 노동청에 호소하고 자신에게 허락된 모든 일을 시도했습니다. 나의 권리가 무엇인지 그리고 그것을 되찾기 위해 어떻게 해야 하는지 온 힘을 다해 고민하고 행동하였습니다.

만약 여러분이 천 원을 잃어버렸습니다. 누군가 훔쳐갔을 수 있으니 경찰에 신고를 할 수도 있고, 부주의해 떨어뜨렸나보다 하고 포기할 수도 있습니다. 여기까지는 단순한 돈의 문제입니다. 잃어버린 천 원이 나의 인격이나 존엄성에 상처를 주진 않기 때문입니다. 그렇지만 누군가 매일 나에게 천 원씩 빼앗아 간다면 그것은 다른 문제입니다. 매일 돈을 빼앗겨도, 친구들에게 맞아도 이에 맞서 저항하지 않는다면, 다른 사람들은 더 이상 나를 동등한 인간으로 생각하지 않기 때문입니다.

저항은 사소한 목적만을 위해서가 아니라 인격 그 자체와

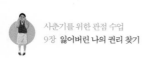

인격적 법감정에 대한 주장이라는 이상적 목적을 위해서 작동한다. 이 목적에 비추어 볼 때 저항에 따르는 모든 희생과 번거로움은 권리자의 눈에는 전혀 중요하지 않다. 내면의 소리는 그에게 자신의 권리를 포기해서는 안 된다고 말하고 있다. 권리자에게는 이미 무가치한 저항의 목적뿐 아니라 자신의 인격, 명예, 법감정, 자존심 등을 위해 저항하라고 강조한다.

— 《권리를 위한 투쟁》

대부분의 사람들이 부당함을 참고 견디는 것을 택한다면 어떻게 될까요? 결국에는 힘 센 사람이 힘이 약한 사람을 때리는 일이 더 이상 '나쁜 일'이 아니게 되고, 그저 매일매일 일어나는 일상의 한 모습이 되어 버립니다. 그러면 누구라도 안전하게 살아갈 권리는 사라지고, 불법만이 남게 될 것입니다.

예링은 개인이 자신의 권리를 위해 싸우지 않는 것이 그 사회의 보편적인 원칙이 되어 버린다면, 그것은 곧 '권리의 파멸'을 의미한다고 경고했습니다. 아무리 근로기준법에서 노동자의 권리를 화려하게 써놓았다고 해도, 헌법에서 국민의 기본권을 세세하게 규정하고 있다고 해도 그 권리의 주체가 자신의 개인적 권리를 위해 싸우지 않는다면 그것은 현실 속에서 아무런 의미도 없습니다.

사회를 이루는 개인 모두가 그 권리를 위해 싸우지 않는다면 권리를 침해하는 일들이 많아지고, 시간이 가면서 그 권리는 잊혀질 것입니다. 결국 정당한 권리는 사라지고 불법이 지배하는 사회가 올 것입니다. 이러한 의미에서 예링은 권리를 위한 투쟁은 '권리자 자신에 대한 의무'이자 동시에 '공동체에 대한 의무'라고 주장하는 것입니다.

> 불법이 권리를 제자리에서 밀어내버린 경우 불법을 탓할 일이 아니라, 이를 허용한 권리를 탓해야 한다. 어떠한 불법도 행하지 않는 것보다 중요한 것은 어떠한 불법도 감수하지 않는 것이다. 왜냐하면 권리자 측으로부터 확고하고 단호한 저항을 받게 된다는 확실성은 더 많은 인간을 불법행위로부터 보호할 수 있기 때문이다. 따라서 침해받은 구체적 권리의 방어는 단순히 권리자 자신에 대한 의무일 뿐 아니라 사회공동체에 대한 의무이다.
>
> ——《권리를 위한 투쟁》

모든 부당함을 향해 저항하라

●

법은 모든 사람이 준수할 때 평화가 유지되는 도구입니다. 그

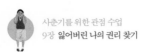

러나 예링은 법이란 영원히 지켜야 할 불변의 것은 아니라 했습니다. 우리가 지금 당연하게 생각하는 많은 법과 제도들은 어느 날 갑자기 하늘에서 뚝 떨어진 것이 아닙니다. 법은 많은 개인들이 자신의 권리를 지키기 위해 저항하고 투쟁하는 치열한 과정의 산물입니다. 수많은 오류와 잘못을 범하면서 그로 인해 피해 입은 사람들이 생각하고, 토론하고, 함께 싸워나가면서 조금씩 변화시킨 역사의 일부분입니다. 그리고 지금도 많은 사람들이 자신의 권리를 지키기 위해 싸우며 법을 바꾸어가고 있습니다.

유럽의 여성들은 남성들과 동등한 투표권을 갖기 위해 백 년 동안 싸웠습니다. 남아프리카 공화국에서 흑인과 백인의 차별이 없어진 것은 불과 20년도 되지 않습니다. 백인을 위주로 한 인종 차별 정책을 쓴 남아프리카 공화국은 인종에 따라 사는 곳도 분리시키고 다른 인종끼리는 결혼도 금지시켰습니다. 그러나 많은 사람들의 끈질긴 투쟁 끝에 1994년 넬슨 만델라가 첫 흑인 대통령으로 당선되면서 백인 위주의 정책들이 폐지되었습니다. 여성에 대한 교육 금지 정책을 고수하고 있는 몇몇 이슬람 국가들에서도 여성들의 교육 받을 권리를 찾기 위한 사람들의 투쟁이 계속되고 있습니다.

미국은 1863년에 노예해방을 선언합니다. 오바마 대통령이 그 이전에 태어났다면 노예로 생을 마감했겠지요. 그러나 오바마 대통령이 노예해방이 된 직후에 태어났다고 해도 대통령이 되지 못했을 것입니다. 노예제도를 폐지하기는 했지만 흑인과 백인에 대한 차별은 여전히 사회를 지배하고 있었기 때문입니다. 노예해방선언 이후로도 흑인들은 백인들이 다니는 학교에 다니지 못했고, 버스를 타도 앉을 수가 없었습니다.

1955년 미국 앨라배마주 몽고메리에서 로자 파크스(Rosa Lee Louise McCauley Parks)라는 흑인 여성이 버스에 올라 자리에 앉습니다. 당시 몽고메리에서는 시내버스 안에서 백인과 흑인의 좌석이 분리한다는 법이 있었습니다. 잠시 후 버스에 사람들이 많아지자 백인들은 흑인들에게 자리를 양보할 것을 요구했습니다. 하지만 파크스는 당당하게 거부했고, 곧 그녀는 백인에게 자리를 양보하지 않았다는 이유로 경찰에 체포됩니다. 미국의 흑인민권운동사의 큰 획을 긋게 된 '몽고메리 버스 보이콧 사건'의 시작이었습니다.

이 사건을 계기로 흑인들은 버스 안에서 흑인과 백인을 분리하는 법이 있는 한 버스를 타지 않기로 마음을 합칩니다. 직장에 출근해야 하는 사람들은 아침잠을 포기하고 더 빨리 일어나야 했습니다. 학교에 다니는 학생들도 버스를 거부하고 걸어 다녔습니다. 미국의 민권운동가 마틴 루터 킹은 "이곳 몽고메리에서

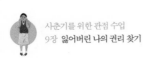

정의와 공정함이 강물처럼 흐르게 할 것"이라며 보이콧 운동을 지지합니다.

파크스는 해고를 당했고, 다른 많은 흑인들이 직장을 잃거나 해고 위협을 받거나 사회적 불이익을 감수해야 했습니다. 그러나 자신들의 정당한 권리를 되찾기 위한 흑인들의 발걸음은 이후로도 381일간이나 계속되었고, 드디어 대법원은 몽고메리의 법이 위헌이라고 판결합니다. 이 사건을 기폭제로 하여 흑인들의 동등한 권리와 평등한 사회를 만들기 위한 끊임없는 노력과 저항은 계속되었습니다. 노예해방선언 이후 150년 동안의 흑인들의 치열한 노력 덕분에 첫 흑인 대통령인 오바마 대통령이 탄생할 수 있었던 것입니다.

전태일이 주린 배를 움켜쥐고 먹고 살기 위해 그저 견디기만 했다면, 지금 우리들 중에 몇몇은 평화시장의 어두침침한 공장 안에서 어린 시다로 일을 하고 있었을지도 모릅니다. 일제의 불법한 조선주권의 침탈이 있었을 때 우리 민족 그 누구도 우리의 권리를 위해 싸우지 않았다면 대한민국 자체가 사라져 버렸을 것입니다. 역사 속 수많은 노예들이 자신의 생명을 내던져야 하는 위험을 무릅쓰고 노예제도를 바꾸려고 싸웠기 때문에 지금 평등한 인간이 존재하고 있는 것입니다.

자신의 권리를 찾기 위한 주장은 단순히 나의 이익을 위해 행동하는 이기주의가 아닙니다. 자신의 존엄과 인격을 불법으로부터 지키기 위한 저항이자, 같은 피해를 당하는 나의 친구들을 지키는 길입니다. 더 나아가 기나긴 인간의 역사에서 더 많은 인류가 인간으로서의 당연한 권리를 누리며 살 수 있게 만드는 큰 발걸음이 될 것입니다.

> 법의 역사가 보여주는 모든 위대한 업적, 노예제나 농노제의 폐지, 토지소유권의 자유나 영업 혹은 신앙의 자유와 같은 이러한 모든 것들은 치열하게 그리고 수세기에 걸쳐서 계속된 투쟁을 통해 쟁취되었다. 왜냐하면 법은 자기 자식을 잡아먹는 사탄이기 때문이다. 즉, 법은 자신의 과거를 청산함으로써만 다시 젊어질 수 있다. 생성된 모든 것들은 그것이 사멸하기 때문에 가치가 있다.
>
> ──《권리를 위한 투쟁》

우선 내가 누려야 할 권리는 무엇인지, 어떤 것이 나의 권리에 대한 부당한 침해인지 생각하는 것부터 시작해봅시다. 전태일처럼 자신의 모든 것을 내던져야만 권리를 지키는 것이 아닙니다. 내가 느끼는 부당함이 단순한 불만인지 나의 존엄성과 권리가 침해받았기 때문인지 생각해보는 것, 친구와 이야기를 나누어 보는 것, 책을 찾아보는 것, 선생님이나 어른들에게 물어보는 것, 그 모든

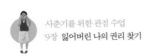

것이 권리를 지키는 일입니다.

그리고 부당함에 눈감지 않고 잃어버린 나의 권리를 찾기 위한 나만의 방법을 발견한다면, 그것은 나뿐만 아니라 내 친구와 내 이웃을 위한 일이기도 합니다. 그때 내가 찾은 그 길은 예링의 말처럼 저주가 아닌 축복의 길이 될 수 있을 것입니다. 내가 당연히 누려야 할 그 권리를 위해 내가 무엇을 할 수 있을지 한번쯤 고민해보는 것은 어떨까요?

> 한 인간을 겨냥한 불의의 행동은 결국 모든 인간에 대한 불의이다. 따라서 정의를 수호하고 인류의 존엄성을 보호하기 위해서는 모두가 함께 나서야 한다.

> —— 넬슨 만델라, 《자유를 향한 머나먼 길》

BOOK

《전태일 평전》

조영래1947~1990 | 돌베개 | 1991

못 배우고, 가난하고, 가진 것 없던
청년 전태일의 불꽃같은 삶

1970년 11월 13일 청계천 거리에서 22세의 나이로 생을 마감한 노동자 전태일에 대한 이야기이다. 평화시장의 극악한 근로조건을 접하고 고민과 분노, 방황 끝에 "근로기준법을 준수하라"를 외치며 분신을 감행한다. 이 책의 저자인 조영래 변호사는 민청학련 사건으로 경찰의 수배를 받으면서 당국의 감시를 피해 이 책을 집필했다. 1983년 저자의 이름 없이 책이 출간되었지만 판매금지조치를 당했고, 1991년이 되어서야 저자 조영래의 이름이 찍힌 개정판이 발간되었다.

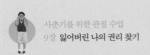

《**권리를 위한 투쟁**Kampf ums Recht》

루돌프 폰 예링Rudolf von Jhering, 1818~1892 │ 책세상 │ 2007

목적법학의 창시자, 예링의 투쟁론

19세기 독일의 법학가인 예링의 법 이념을 정리한 대표작이다. 예링은 당시 추상적·객관적 법규로서의 법을 강조하던 독일법학에 대해 개인의 실체적이고 주관적인 권리로서의 법학을 주장했다는 점에서 목적법학의 창시자로 불린다. 그의 법학은 '투쟁하는 가운데 스스로의 권리를 찾아야한다'는 주장으로 요약되는데, 개인의 권리를 부당하게 주장하거나 남용하는 위험성에 대해서도 경고하고 있다.

| 권리에 대하여 |

그 누구라도 나를 함부로 대한다면
방관하지 마세요.

세계인권선언을 알고 있나요? 1948년 국제연합 총회에서 모든 인간이 언론의 자유, 신념의 자유, 공포와 결핍으로부터의 자유를 누릴 수 있는 세상을 꿈꾸며, 인간이라면 당연히 누려야 할 권리 서른 가지를 선언한 것입니다.

인간으로서 지켜져야 할 권리가 무엇인지 모르겠다면 우선 세계인권선언을 읽어보세요. 나도 몰랐던 나의 권리가 그곳에 있을 거예요. 뭔가 부당하다고 느꼈다면 생각해 보세요. 나의 정당한 권리가 무엇인지. 여러 사람들에게 묻고, 이야기를 나눠 보세요. 나의 정당한 권리가 함부로 짓밟혀지고 있다면 참아서는 안 됩니다. 나의 권리는 나만이 지킬 수 있어요. 인간이라는 이유만으로도 우리 모두는 소중한 존재이기 때문입니다.

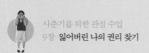

10장

나만 아니면 돼?

———

《아Q정전》: 루쉰 & 《나는 고발한다》: 에밀 졸라

우리는 친구인가요?

●

한 해에 학교폭력 사건이 얼마나 일어나고 있을까요? 2012년 경찰청에 신고 된 학교폭력 신고는 8만여 건이었습니다. 우리 나라 전체 학생이 650만 명 정도이니 학생 팔십 명 중에 한 명 이 신고한 셈입니다. 과연 일 년 동안 팔십 명의 학생 중에 단 한 명만이 학교폭력의 피해를 경험했을까요?

경찰과 같은 수사기관에 인지되지 않은 채 묻혀버리는 범죄를 암수범죄(暗數犯罪)라고 부릅니다. 최근 학교폭력에 대한 사회적 관심이 커지면서 신고율이 높아졌다고는 하지만 학교폭력은 여전히 대표적인 암수범죄로 꼽힙니다. '다들 싸우면서 크는 거다', '친구들끼리 있을 수 있는 일이다'라고 생각해서 해결해야 할 문제로 인식하지 않았기 때문입니다. 무엇보다 또래집단 내에 존재하는 비밀협약과 같은 두꺼운 장벽은 외부의 손길을 막는 장애물로 작동하고 있습니다.

심각한 갈취나 폭력에서부터 사소한 욕설, 왕따는 아직도 우리 교실 곳곳에 숨어 있습니다. 굳이 일진이라고 분류하지 않아도 많은 학교에 소위 짱들이 있습니다. 공부도 잘하고 키도 크고 아이들에게 인기가 많은 친구들이 짱이 되는 경우도 있고, 덩치가 커서 싸움을 잘할 거라고 예상되는 친구들이 짱이 되는 경우도 있습니다.

선생님은 알지 못해도, 학교전담경찰관들 눈에는 보이지 않아도, 부모님에게는 말하지 않아도 교실에 앉아 있는 우리들은 알고 있습니다. 우리 반의 짱이 누군지, 그 짱이 누굴 괴롭히고 있는지 우리들은 모두 알고 있습니다. 그렇지만 말하지 않습니다.

"친구를 때려본 사람?" 아무도 손들지 않습니다.

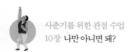

"친구에게 맞아본 사람?" 역시 아무도 손들지 않습니다.

"친구가 다른 친구를 때리는 것을 본 적 있는 사람?" 조용히 몇몇 학생들이 손을 듭니다.

"싸움을 말려본 사람은? 아니면 경찰이나 선생님에게 말한 사람은 있어?" 또 다시 아무도 손을 들지 않습니다.

"친구가 맞고 있는데 그냥 지나간 거야?"

"귀찮아서요. 내 일도 아닌데……."

"신고했다가 제가 왕따 당하면 어떻게요?"

"엄마가 남 일에 껴들지 말랬어요."

많은 학교폭력 사건을 처리하면서 피해자가 아닌 제3자가 친구를 위해 신고한 경우는 단 한 번도 보지 못했습니다. 내가 당한 것도 아닌데 괜히 나서고 싶지 않아서입니다. 신고했다가 학생지도부실에 불려 다니면서 선생님들의 질문에 시달릴 것을 생각하니 귀찮기도 합니다. 괜히 나섰다가 '나대는 애'로 찍히면 오히려 내가 왕따가 될 수 있다는 두려움도 있습니다. 당하는 것은 내가 아니니 내 눈앞에서 일어나는 폭력에 눈감아 버립니다. 친구의 고통을 외면하면서 '내가 아니라서 다행이다'라고 생각합니다. 내가 때리지 않았으니 나는 가해자가 아니라고 생각하고 있나요?

어느 술집에서 여러 명의 남자들이 무엇인가를 구경하며 환호성을 지르고 있습니다. 마치 프로야구를 감상하는 것처럼 보입니다. 사실 그들은 네 명의 남자가 21세의 여성을 윤간하는 것을 구경하고 있었던 것입니다. 법원은 네 명의 남자들에게 유죄를 선고하지만, 피해자는 여기서 그만두지 않습니다. 구경하던 열다섯 명의 남자들을 다시 고발하고, 그들은 결국 교사 및 방조혐의로 6년에서 12년형의 중형을 받게 됩니다. 1983년 미국의 메사추세츠 주 뉴베드퍼드에서 일어났던 실화를 바탕으로 한 영화 〈피고인〉의 내용입니다. 학교폭력을 방관하는 청소년들을 비유하는 예로서는 너무 과하다고 생각하나요? 그렇다면 이것은 어떤가요?

경찰서로 동영상이 하나 접수되었습니다. 고등학생으로 보이는 학생 두 명이 주먹다짐을 하고 있었습니다. 주변에는 교복을 입은 학생들을 포함한 많은 친구들이 있었지만 그 누구도 말리지 않습니다. 옆에서 일어나는 주먹다짐에는 관심 없이 친구들과 잡담을 하거나, 흥미진진하게 구경을 하는 친구들뿐입니다. 그중 몇 명은 스마트폰으로 싸우는 두 명의 친구를 찍고 있습니다. 싸움은 점점 격렬해지고, 급기야 한 명이 웃통을 벗고 다른 한명을 일방적으로 때리기 시작합니다. 그때 환호성과 "우와~" 하는 감탄의 목소리까지 들립니다.

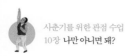

내가 아닌 친구가 맞고 있기 때문에 침묵한다면, 그것은 그 친구를 때리는 일진들과 공범이 되는 일입니다. 또한 남의 일에 관여하는 것이 귀찮아서 침묵하고 있다면, 그것은 미래에 다가올 수 있는 나에 대한 폭력을 용인하는 일입니다. 친구를 때려도 아무런 책임을 지지 않는다면 그들은 앞으로도 계속 친구를 때릴 것입니다. 폭력은 특별한 누군가에게만 일어나는 일은 아닙니다. 폭력은 폭력을 낳고, 내 옆을 스쳐지나간 폭력이 언젠가 나를 향할 수 있습니다. 내 옆에 있는 친구를 돕지 않으면, 언젠가 내가 도움이 필요할 때 아무도 도와주지 않을 것입니다. 지금 누군가 고통을 받고 있는 친구가 있다면, 그 친구는 곧 나의 모습이 될 수 있습니다.

꼬리에 꼬리를 무는 폭력

●

학교폭력의 문제로 온 사회가 시끄러웠습니다. 뉴스에서는 잔혹한 학교폭력의 사례들이 연이어 보도됩니다. 언론에서만 보면 무감각한 방관자와 잔인한 가해자, 그리고 죄 없는 피해자가 극명하게 구별됩니다. 선생님들이 방관자들에 대해 철저히 교육하고, 경찰관들은 가해자만 잘 찾아서 엄격하게 처벌하면 모든 문제가 해결될 것처럼 보입니다.

　그렇지만 현실에서 제가 만난 학교폭력의 가해자와 피해자, 그리고 방관자의 구분은 그리 간단하지만은 않았습니다. 가해자이면서 또 다른 사건에서는 피해자가 되고, 피해자이면서 또 다른 친구와는 가해자가 되고 있었으니까요. 그 곁을 둘러싸고 있는 비밀협약을 맺은 방관자들은 언제나 가해자가 될 수도 있고, 피해자가 될 수 있는 아슬아슬한 줄타기를 하고 있었습니다.

　제가 만난 동현이 역시 가해자이면서 동시에 피해자인 경우였습니다. 동현이는 친구들보다 키도 크고 덩치도 좋아 스스로 짱이라고 생각하고 있습니다. 무단결석과 가출을 하면서 점점 다른 친구들이 자신을 무서워하는 것이 기분 좋았다고 합니다. 동현이는 다양한 이유로 친구들을 괴롭혔습니다. 기분이 좋지 않은데 말을 시켰다는 이유로, 자고 있는데 책상을 밀었다는 이유로, 가끔은 아무 이유도 없이 친구들의 머리통을 툭 때리거나, 윽박을 지르거나, 욕을 했습니다.

　반 친구들은 그런 동현이에 익숙해져 갔습니다. 으레 그러려니 하고 말아버립니다. 동현이가 기분이 안 좋아 보이는 날엔 최대한 동현이와 부딪치지 않으면 그뿐이었습니다. 동현이가 머리통을 툭 치고 가는 날엔 그저 '재수 없이 걸렸다'고 생각해 버렸습니다.

그러나 동현이도 그 학교에서 가장 힘이 센 친구, 일명 학교짱은 때리지 못합니다. 복도에서 우연히 만나면 동현이가 다른 친구들에게 했듯이 학교짱도 동현이 머리통을 툭 치고 지나갑니다. 기분은 나쁘지만 참을 수밖에 없습니다. 학교짱보다 힘이 약하고, 학교짱보다 친구가 적기 때문입니다. 교실로 돌아온 동현이에게 누군가 말을 겁니다. 그때 그 누군가는 동현이의 '이유를 알 수 없는 폭력'의 대상이 됩니다. 물론 학교짱도 누군가에게 폭력의 대상이 됩니다. 학교짱은 동네짱에게 폭력의 대상이 되고, 동네짱은 그 동네 건달들에게 폭력의 대상이 되고, 그 동네 건달들은 또 다른 건달들에게 폭력의 대상이 됩니다.

한번 시작된 가정폭력이 대를 물려 계속되는 것처럼, 한번 시작된 폭력은 학교짱을 거쳐, 동현이를 거쳐, 동현이의 반 친구들까지 학교 전체를 구석구석 적십니다. 마치 물잔 속에 떨어진 물감처럼 우리의 생활 곳곳에 스며듭니다.

학교폭력은 힘과 권력에 따라 연쇄적인 고리를 이루고 그 고리는 얽히고설켜 있어 가해자와 피해자의 구분이 무의미합니다. 폭력은 우리들의 생활 속에 물처럼 공기처럼 존재하고 있습니다. 겉에서 보면 모두 다 같은 학생이지만 그 안을 들여다보면 폭력은 복잡한 미로처럼 보이지 않는 서열을 타고 조용히 흐르고 있었습니다.

동네 바보형, 아Q

●

중국 현대문학의 아버지로 칭송받는 루쉰의 대표작 《아Q정전》에서 주인공 아Q 역시 폭력의 가해자이면서 동시에 피해자이고, 그리고 방관자였습니다. 아Q는 웨이쫭 고을에서 뚜렷한 직업 없이 동네 사람들의 일을 도와주고 품삯을 받으며 마을 어귀의 사당에서 쪽잠을 자는 사람입니다. 허드렛일을 하고 동네 사람들에게 무시와 멸시를 받는 어느 시골 동네에나 있을 수 있는 '동네 바보형' 정도 될 것 같습니다.

동네 건달들은 아무런 이유도 없이 아Q를 괴롭혔습니다. 아Q는 동네 건달들에게 덤빌 자신이 없으니 그냥 맞을 수밖에 없습니다. 그리고는 자신보다 약한 사람을 찾아내 그 분풀이를 하면서 잠깐이나마 강자의 기분에 도취하는 것으로 위로받습니다. 건달에게 흠씬 두들겨 맞고 아무런 힘도 없는 젊은 여승을 만난 아Q는 그녀를 마음껏 희롱하고 모욕하면서 승리감을 느낍니다.

> 마침 저쪽에서 정수암의 젊은 여승이 걸어오고 있는 것이 보였다. 아Q는 평소에도 그 여인을 보면 침을 뱉고 욕지거리를 퍼부었는데 하물며 지금은 굴욕을 당한 뒤가 아니던가? 치욕스러운 기억이 되살아나자 그에게는 다시 적개심

이 불타올랐다. 아Q는 오늘 있었던 굴욕에 대해 깨끗이 복수를 한 것만 같았다. 그러나 무엇보다도 이상한 것은 아까 가짜 양귀신에게 얻어맞을 때보다 더 상쾌해져서 훨훨 날아갈 것만 같았던 것이다

— 《아Q정전》

아Q를 괴롭히는 것은 동네 사람들 역시 마찬가지였습니다. 가난한 시골 동네에 사는 그들은 도성 안의 힘 있는 자들에게 당한 울분을 아Q에게 풀었습니다. 아Q는 자신이 당한 부당함에는 침묵하고, 맞서 싸울 수 있는 용기가 없으니 대신 자신을 합리화하기 시작합니다. 그가 개발해낸 '정신적 승리법'이라는 것입니다. 아Q는 폭력을 당할 때 마다 '어쩔 수 없는 일'로 치부해 버립니다. 내가 당한 일은 기분 나쁘지만 실제로는 그리 큰일은 아니라고 거짓 위안을 합니다. 그리고는 자신이 겪은 부당하고 치욕스러운 일을 잊으려고 노력하는 것이 바로 정신적 승리법입니다. 사실은 무서워서 도망쳤으면서도 더러워서 피하고 만다고 자위하는 것입니다.

루쉰은 아Q라는 인물을 통해서 현실을 인식하지 못하고 부화뇌동하는 중국의 지식인, 자신의 눈앞에 이익만을 쫓는 우매한 중국 인민들, 부당함에 침묵하는 비겁한 인간의 모습을 비판하고 있습니다.

《아Q정전》은 말 그대로 '아Q'라는 이름을 가진 사람의 인생에 대한 이야기입니다. 아(阿)는 이름 앞에 흔히 붙는 접두사이고 Q는 어떤 한자인지 정확히는 알지 못하지만 발음하는 대로 쓴 글자입니다. 아마도 특정 인물을 지칭하는 것이 아닌 그 시대를 살고 있던 보통의 평범한 중국 인민들을 지칭하느라 일부러 소설의 주인공 이름을 아Q라고 했을지도 모릅니다.

아Q는 어느 시대에나, 어느 나라에나 존재합니다. 아Q는 강한 자에게 빌붙고, 약한 자에게는 잔인하며, 자신이 처한 상황을 미화하고 현실을 회피하는 방법으로 자기 합리화에만 능한 어리석은 사람입니다. 힘이 센 친구에게는 대들지 못하면서 반 친구들을 괴롭히는 동현이나 다른 사람들의 폭력을 용인하는 우리에게서 비겁한 아Q의 모습을 발견합니다. 동네 바보형, 아Q는 우리들 마음속 깊이 자리 잡고 있는 숨겨진 나일지 모릅니다.

해방 이후 민중의 저항정신을 주제로 현실비판적 시를 많이 썼던 시인 김수영은 분노해야 할 때에는 침묵하면서 자기보다 약한 사람에게 자신의 화를 쏟아내는 인간의 이중적인 내면에 대해 '나는 왜 조그마한 일에만 분개하는가'라고 통렬히 반성합니다.

나는 왜 조그마한 일에만 분개하는가 / 저 왕궁 대신에 왕궁

의 음탕 대신에 / 50원짜리 갈비가 기름덩이만 나왔다고 분

개하고 / 옹졸하게 분개하고 설렁탕집 돼지같은 주인년에게

욕을 하고 / 옹졸하게 욕을 하고

아무래도 나는 비켜서 있다 절정 위에는 서 있지 / 않고 암만

해도 조금쯤 옆으로 비켜서 있다 / 그리고 조금쯤 옆에 서 있

는 것이 조금쯤 / 비겁한 것이라고 알고 있다! / 이발쟁이에

게 / 땅주인에게는 못하고 이발쟁이에게 / 구청 직원에게는

못하고 동회 직원에게도 못하고 / 야경꾼에게 20원 때문에

10원 때문에 1원 때문에 / 우습지 않으냐 1원 때문에 /

모래야 나는 얼마큼 작으냐 / 바람아 먼지야 풀아 나는 얼마

큼 작으냐 /

정말 얼마큼 작으냐…….

— 김수영, 〈어느 날 고궁을 나오면서〉

외톨이에서 시대의 고발자로

●

폭력의 가장 큰 특징은 주변을 오염시킨다는 것입니다. 학교
폭력이 꼬리를 물고 물처럼 흐르면서 교실 전체를 적시는 것과
마찬가지로 가정폭력은 아빠가 부인이나 아이들을 때리는 것
에서 그치지 않습니다. 폭행을 경험한 아이들은 스스로 때릴

수 있는 힘이 생겼을 때 다른 사람을 때리기 시작합니다. 나이 들고 늙어서 더 이상 힘이 없는 아버지나 어머니를 때리기도 하고, 자신의 아이에게, 때로는 타인에게 폭력을 휘두르게 됩니다. 우리나라 강력범의 60%가 어린 시절 가정폭력을 경험했다는 통계도 있습니다. 폭력의 경험은 잊으려고 노력해도 쉽사리 잊혀지는 것이 아닙니다.

폭력이 이처럼 확산되는 것은 우리들이 침묵하기 때문입니다. 남들도 참고 사니 나도 참을 수밖에 없다고 생각해서 입니다. 친구들의 보복이 무서워서 나설 수가 없습니다. 신고를 했다는 이유로 더 한 왕따를 당할 수도 있고, 친구들에게 별것도 아닌 일로 난리치는 겁쟁이, 고자질쟁이로 매도당할까봐 두렵습니다. 하지만 이런 이유로 아무도 폭력에 대해 말하지 않을 때 폭력은 계속해서 번져갑니다. 나에게 폭력이 온다면 아Q처럼 정신적 승리법으로 이겨내고 싶은가요?

프랑스의 위대한 소설가 에밀 졸라(Émile François Zola)는 국가에 의한 폭력에 맞서 진실을, 오로지 진실만을 말했던 지식인으로 기억되고 있습니다. 현대사회의 지식인의 양심으로 추앙받는 에밀 졸라는 어린 시절 왕따를 경험합니다. 그는 소설가가 될 자질을 타고난 듯 예민하고 섬세한 성격이었으나 또래 친구들보다 작고 병약했습니다. 게다가 심한 근시에 말을 더듬는 버릇

까지 있어서 종종 친구들의 놀림감이 되곤 했죠. 파리에서 살다가 남부 프랑스로 이사온 에밀 졸라는 친구도 없이 속수무책으로 동급생들의 놀림의 대상이 되었습니다. 그때 폴 세잔느(Paul Cézanne)만은 에밀 졸라의 편을 들어주고 다른 친구들에게 두들겨 맞으면서까지 에밀 졸라를 보호해줍니다.

에밀 졸라는 사과 한 바구니를 들고 폴 세잔느를 찾아가서 고마움을 표시합니다. 그리고 에밀과 폴은 친구가 됩니다. 에밀 졸라와 폴 세잔느는 함께 남부 프랑스의 들판을 뛰어 다니고, 예술에 대해 토론하고, 서로의 불안을 함께 나누면서 성장해 갑니다. 이후 에밀은 소설가가 되었고, 폴은 화가가 됩니다.

이 두 명의 예술가는 서로의 예술과 인생에 대해 조언하고 비판하는 30년 동안의 우정을 만들어 갑니다. 폴 고갱, 반 고흐와 함께 프랑스 인상주의의 3대 화가로 성장하게 된 폴 세잔느는 에밀 졸라와의 우정을 추억하듯 많은 사과 그림을 남겼습니다.

에밀 졸라가 《목로주점》, 《나나》 등의 걸작을 발표하면서 프랑스를 대표하는 소설가로 명성을 떨치고 있을 즈음, 젊은 유대인 대위 드레퓌스 사건을 접하게 됩니다. 프랑스에서 유대인에 대한 차별과 적개심이 유행처럼 번지고 있던 1894년, 드레퓌스는 필적이 비슷하다는 이유로 독일 스파이로 지목당해 종신형을 선고받습니다. 1년 뒤 증거는 조작되었고, 진실은 군 조직에 의해 왜곡되었으며, 진범은 따로 있다는 사실이 밝혀집니다.

하지만 이 같은 사실이 언론을 통해 알려졌음에도 반유대주의 정서에 젖어있던 프랑스 국민들은 드레퓌스 대위의 유죄를 믿고 싶어 했습니다. 정부는 국민의 여론을 등에 업고 잘못을 인정하려 하지 않았고, 많은 증거에도 불구하고 드레퓌스 사건의 재심을 허락하지 않습니다. 에밀 졸라는 진실을 은폐하려는 정부를 향해 프랑스 대통령에게 보내는 편지, 〈나는 고발한다〉라는 격문을 작성합니다.

> 나의 임무는 말하는 것이지 공범자가 될 의사는 전혀 없습니다. 무시무시한 고문을 겪으며 결코 저지르지 않은 죄를 속죄하고 있는 무고한 사람의 유령이 밤마다 나타나 나를 괴롭힐 것이기 때문입니다. 대통령 각하, 따라서 나는 한 정직한 인간으로서 나의 온 힘을 다해 큰 소리로 진실을 외쳐야겠습니다.
>
> ──《나는 고발한다》

〈나는 고발한다〉를 발표한 이후, 에밀 졸라는 조국이 수여한 문화훈장을 빼앗기고, 프랑스 군에 대한 중상모략 혐의로 기소되어 징역형을 선고받기도 합니다. 국민들에게 사랑받던 이 노쇠한 작가는 적국의 간첩을 옹호한다는 이유로 테러 협박에 시

달리다가 의문의 죽음을 맞이하게 됩니다.

어릴 적 친구들에게 왕따를 당하고 있을 때, 아무런 이유 없이 자신을 도와주었던 세잔느와 30년의 우정을 지켜나갔던 에밀 졸라는 인생의 정점에서 알지도 못하는 한 청년의 억울한 죽음을 막기 위해 진실을 외칩니다. 자신에게 닥칠 희생을 감수하면서도 침묵하지 않습니다. 에밀 졸라는 자기 자신을 위해 진실을 말한 것이 아닙니다. 드레퓌스 대위와 친분이 있기 때문에 용기를 낸 것이 아닙니다. 폭력에 대해 침묵하는 것은, 바로 그 폭력에 동조하는 것이기 때문이었습니다. 폭력에 대해 침묵하는 것은 또 다른 형식의 폭력이기 때문이었습니다.

서울 종로구의 일본 대사관 앞에는 평화의 소녀상이라는 조그마한 동상이 있습니다. 그곳에서 일제 강점기에 위안부로 강제 동원 되었던 할머니들이 수요일마다 일본의 사과를 요구하는 수요 집회를 갖고 있습니다. 할머니들은 좋지 않은 건강에도 불구하고 한겨울 추위와 한여름 무더위에도 아랑곳 하지 않고 여전히 수요일마다 일본 대사관 앞에서 소리 높여 외칩니다. 자신의 피해에 대해서 말하고, 이에 대해 사과할 것을 외치고, 다른 모든 사람들에게 폭력에 대해 관심을 가져달라고 부탁하고 있습니다.

그녀들이 수치심 때문에 혹은 비겁함 때문에 자신들이 당한 폭력을 숨기기만 했다면 우리는 지금도 일본 제국주의의 만행에 대해 알 길이 없었을 것입니다. 그리고 일본 정부는 자신들이 한 행동을 되돌아볼 기회가 없었을 것입니다. 할머님들은 일본 정부를 용서하고 싶습니다. 그러기 위해서 반드시 자신의 피해 사실을 이야기 하고 그들에게 진정한 사과의 기회를 주어야 합니다.

　폭력에 대해 말하는 것은 단순히 가해자에게 벌을 주기 위한 것이 아닙니다. 그것은 가해자를 용서하는 길이기도 합니다. 가해자로 하여금 자신이 저지른 폭력의 결과를 알게 하고, 더 큰 폭력으로 흐르는 길을 막을 수 있는 가장 좋은 방법입니다.

　하버드 대학 교수인 카스 선스타인(Cass R. Sunstein)은 "집단 폭력이 지속될 수 있는 이유 가운데 하나는 거의 언제나 선량한 사람들이 침묵하기 때문"이라고 말합니다. 폭력에 대해 침묵하지 않는 것, 나의 피해와 내 친구의 피해를 소리 높여 이야기 할 수 있는 것, 그것만이 폭력의 확산을 막을 수 있는 길입니다.

BOOK

《아Q정전阿Q正傳》

루쉰魯迅1881~1936 | 문예출판사 | 2004

우매한 중국 인민을 향한
루쉰의 눈물 섞인 호소

중국 현대문학의 아버지이며, 혁명가이자 사상가로 칭송되는 루쉰의 작품이다. 의학을 전공하였으나 국민적 계몽과 자각을 위해서는 문학이 절실하다고 판단하여 문학가의 길을 택한다. 그는 아Q라는 인물을 통해 중국 인민의 비겁한 노예근성, 부화뇌동하는 지식인, 신념 없는 사회개혁의 허구성을 비판하고 있다. 중국 인민들은 평생 동안 조국 근대화를 위해 노력한 루쉰을 위해 그의 주검 위에 '민족혼(民族魂)'이라고 쓰인 흰 천을 덮어줌으로서 존경을 표시했다.

《나는 고발한다 J'Accuse》

에밀 졸라Émile François Zola, 1840~1902 │ 책세상문고 │ 2005

실천적 지식인의 표본, 에밀 졸라의 고발장

에밀 졸라는 정부의 조직적인 탄압과 조작에 의해 간첩혐의를 받게 된 젊은 유태인 대위 드레퓌스 사건을 접하고, 지식인의 양심에 따라 '공화국 대통령 펠릭스 포로 씨에게 보내는 편지'를 작성한다. 일간지에 게재된 짧은 그의 글은 보수주의자들의 거센 반발 속에서도 많은 시민의 지지를 얻었으며 드레퓌스 사건을 재심으로 이끄는데 결정적인 역할을 한다. 이 사건으로 에밀 졸라는 지적 능력을 바탕으로 현실의 바람직한 변화를 위해 적극적으로 참여하는 현대적 의미의 '지식인'의 전형으로 평가받게 된다.

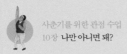

| 폭력에 대하여 |

고자질장이와 양심적 지식인의 차이

학교폭력에 대해 침묵하지 마세요. 그렇다고 친구들 사이에 있었던 모든 일을 선생님이나 경찰관에게 알려야 한다는 것은 아닙니다. 동등한 인간 사이의 다툼이나 갈등은 우리들 스스로 해결할 수 있습니다. 노력조차 하지 않은 채 또 다른 강자에게 기댄다면 고자질장이라는 비난을 듣게 될 거예요.

에밀 졸라는 정부의 부당한 폭력에 의해 희생되는 개인을 위해 자신의 목소리를 냈고, 그 이후로 양심을 실천하는 지식인의 표상이 되었습니다. 고자질장이와 어떤 차이가 있는 걸까요? 그것은 강자에 의한 폭력에 대해 침묵하지 않는 것입니다. 강자에게 용감하며 약자에게 관대한 사람이 양심적 지식인이 될 수 있습니다.

여러분 곁에 상처받고 있는 약자가 있다면 그를 위해 조금 용기를 내봅시다. 그것은 곧 당신을 위한 일이기도 합니다.

11장

그럼에도 불구하고

《눈물도 빛을 만나면 반짝인다》 : 은수연 & 《죽음의 수용소에서》 : 빅터 프랭클

절대적이며 상대적인 고통

2차 세계대전 당시 유대인 강제수용소였던 아우슈비츠에서 150만 명의 유대인이 학살당했다고 합니다. 폴란드에 있는 아우슈비츠는 전쟁 당시 수용시설을 그대로 활용하여 박물관으로 보존되어 있는데, 이곳에 다녀온 적이 있습니다.

박물관에 들어서면 당시의 상황을 볼 수 있는 사진과 설명들

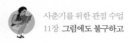

로 시작됩니다. 그리고 수용소 안에서 죽어간 수많은 유대인들의 사진을 볼 수 있었고, 그 다음에는 유대인들이 빼앗긴 가방, 신발, 안경, 머리카락 등이 산처럼 쌓여 있었습니다. 그 중에는 어린아이들의 손바닥만한 신발만을 모아둔 곳도 있었습니다. 발걸음은 점점 더 공포스럽고 가혹한 현장으로 이어졌습니다. 고문실, 총살대, 마지막으로 가스실과 화장터까지……

가스실은 생각보다 넓지 않았습니다. 두세 평 남짓 되는 공간에 한 번에 수백 명까지 인간을 몰아넣고 유독가스를 내보내면 곧 시체가 되었습니다. 그러고는 바로 옆 화장터에서 집단으로 태워졌다고 합니다. 저는 갑자기 가슴이 두근거리며 두통과 함께 식은땀이 나기 시작했습니다. 제가 태어나기도 전에 있었던 일이었지만 그들이 그곳에서 느꼈던 공포와 고통이 전해지는 것 같았기 때문입니다. 도저히 그 안에 서 있을 수가 없었습니다. 잠깐 밖으로 빠져나왔습니다.

철조망으로 된 담장이 보입니다. 수감자들의 탈출을 막기 위해 수용소 담장은 2중 철책에 고압전류가 흐르고 있었다고 합니다. 당시 '철조망에 몸을 던진다'라는 말은 곧 자살을 의미했습니다. 살아남을 가능성이 희박했던 수감자들이 스스로 고압전류가 흐르는 철조망에 몸을 던짐으로서 생을 마감했기 때문입니다. 그 끔찍한 상황을 그대로 견뎌야 했다면 나 역시 저 철책에 몸을 던지지 않았을까 생각하며 아우슈비츠를 떠났습니다.

한 번 들어가면 나올 수 없다는 절망의 수용소에서 살아남은 사람이 있습니다. 유대인 의학박사 빅터 프랭클(Viktor E. Frankl)입니다. 빅터 프랭클 박사는 나치에 의해 아우슈비츠로 끌려갑니다. 프랭클 박사의 아버지는 또 다른 유태인 수용소에서 굶어 죽었고, 어머니 역시 가스실에서 죽음을 맞이했습니다. 프랭클의 아내도 그의 형도 모두 나치가 만든 수용소에서 세상을 떠났습니다. 프랭클 박사는 아우슈비츠를 비롯한 다른 수용소를 전전하다가 세계대전이 나치의 패망으로 끝나고 기적적으로 살아남습니다. 그때의 경험으로 쓴 책이 《죽음의 수용소에서》입니다.

프랭클 박사와 마찬가지로 죽음과도 같은 경험을 겪어낸 소녀가 있습니다. 초등학교 5학년이었던 수연이는 아빠에게 성폭행을 당합니다. 이후 "다른 사람에게 말하면 죽여 버릴 거야"라고 협박하는 아빠의 끊임없는 폭력에 시달리게 됩니다.

아빠의 아이를 임신하여 낙태까지 했습니다. 남들이 보면 몸이 약한 딸을 위해서 매일 차로 학교에 데려다 주고 데리러 오는 다정한 아빠였습니다. 하지만 그것은 식구들을 피해 수연이를 성폭행하기 위한 방법이었을 뿐입니다. 아빠는 다른 남자와 사귈 수 있다며 수학여행도 못 가게 하고, 전교 임원단 선거에 추천이 되었어도 '남자애들하고 어울리려고 한다'는 욕설을 퍼부

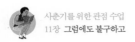

었습니다. 수능 전날 호텔에 데리고 들어가 말을 안 듣는다는 이유로 때리고, 집어 던지고, 분이 풀리지 않자 다시 성폭행을 하는 아빠를, 그리고 이 모든 폭력에 대해 알고 있으면서 침묵하는 엄마를 9년 동안 견뎌내고 살아남습니다.

소설 속의 이야기가 아닙니다. 9년간 친아버지로부터 성적 괴롭힘과 폭행, 신체적인 폭력과 정신적인 학대를 받아 온 은수연(가명) 작가의 책 《눈물도 빛을 만나면 반짝인다》의 이야기입니다. 은수연 작가는 책의 시작에서 이야기 합니다. 책을 펼치면 주먹질, 발길질, 다양한 욕지거리, 강간의 끝장 같은 장면들이 쏟아질 것이라며 마음의 준비를 하라고요. 경찰 생활을 하면서 웬만큼 끔찍한 상황과 사건에는 어느 정도 적응이 되어 있었던 터라, 별 걱정 없이 책을 펼쳤습니다. 책을 읽다가 몇 번이나 책을 덮어야 했고, 아우슈비츠의 가스실에서처럼 두통이 밀려와 자리에서 일어나 잠깐씩 쉬어야 했습니다.

이 책은 보기만 해도 힘든 오지 탐험 다큐멘터리 같을 수 있다. 너무 힘들고, 고통스럽고, '인간이 이런 짓을 하거나 겪어낼 수 있다는 말인가' 하는 마음에 책을 던져버리고 싶을 수도 있다. 그러나 이 책을 덮을 때 당신이 알게 되기를 바란다. 견뎌내지 못할 아픔은 없고, 끝이 없는 고통은 없다는 것을.

아우슈비츠와 수연이의 이야기를 하는 것은 지금 우리가 겪고 있는 시련이 저 사람들에 비하면 별것 아니라고 충고하고 싶어서가 아닙니다. 저 사람들은 저 큰 고난을 훌륭히 겪어냈으니 너도 할 수 있다고 격려하고 싶은 것도 아닙니다.

큰 고난은 이겨내기 힘들고 작은 고난으로 이겨내기 쉬울까요? 빅터 프랭클 박사는 고난은 아주 작은 양으로도 한 개인을 무참히 파괴할 수 있다고 했습니다. 어떤 고난이든 그것은 그 개인에게는 절대적인 의미를 갖기 때문입니다. 즉 고난은 누가 겪고 있든 어떤 종류이든 절대적으로 '상대적'인 개념이라 할 수 있습니다.

수연이의 말처럼 우리가 지금 겪는 시련도 언젠가는 끝날 것입니다. 제가 그들에게 묻고 싶은 것은 하나입니다. 당신은 그 힘든 시간을 어떻게 견뎌냈나요?

버틸 수 있는 힘

●

프랭클 박사는 수용소에서 많은 사람들의 죽음을 바라보며 살

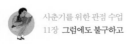

아남는 자들의 공통적인 심리를 발견합니다. 바로 자신이 살아야 하는 이유를 가지고 있었다는 것입니다. 그 역시 아우슈비츠에 잡혀간 직후, 출판을 위해 집필 중이었던 원고를 포함하여 가지고 있던 모든 것을 압수당합니다. 그리고 곧 닥치게 될 자신의 죽음에 대해 극심한 공포감을 느꼈다고 합니다. 그러나 프랭클 박사는 극단적으로 절망적인 상황에서 미래에 대한 희망을 발견합니다. 빼앗겼던 원고를 다시 쓰고 싶다는 강렬한 열망이었습니다.

희망을 발견한 프랭클 박사는 니체의 격언, '왜(why) 살아야 하는지를 아는 사람은 그 어떤 상황도 견뎌낼 수 있다'를 기억해 냅니다. 왜 살아야 하는지 이유를 잃어버린 사람들이 직면하게 되는 것은 바로 '체념상태'인데, 아우슈비츠 수용소에서 목격한 많은 수감자들이 이러한 체념상태에 빠져 스스로 생을 마감했습니다.

이들은 자신의 삶을 둘러싼 모든 것들이 '무의미'하다는 생각에 빠져 아침에 일어나지도 않고, 일하러 나가지도 않고, 대신 막사에 남아 똥과 오줌에 절은 짚더미 위에 누워 있기를 고집합니다. 독일군의 경고나 협박도 소용없고, 동료들의 설득도 듣지 않습니다. 수감자는 깊숙이 감추어 두었던 담배를 꺼내 인생 마지막 쾌락을 즐기고는 곧 죽어갑니다.

수감자들 중에 몇 사람은 본능적으로 자기 스스로가 그런 목표를 찾아내기도 한다. 이것이 바로 인간의 특성으로 이렇게 사람은 미래에 대한 기대가 있어야만 세상을 살아갈 수 있다. 기대를 갖기 위해 때때로 자기 마음을 밀어붙여야 할 때가 있음에도 불구하고 인간의 존재가 가장 어려운 순간에 있을 때, 그를 구원해 주는 것이 바로 미래에 대한 기대이다.

──《죽음의 수용소에서》

미래에 대한 희망은 바로 현재를 바꿀 수 있다는 기대입니다. 그 기대가 지금의 절망과 같은 현실을 버텨낼 수 있게 해주는 힘이 되는 것입니다. 수연이는 살아남았습니다. 운이 좋아서 살아남은 것이 아닙니다. 수연이는 자신이 처한 상황을 바꿀 수 있을 것이라는 기대를 접지 않았습니다. 내 인생은 어차피 이렇게 끝날 것이라고 자포자기하지 않았습니다.

무력하기만 했던 어린 시절을 지나 중학생이 되고 고등학생이 되면서 수연이는 집에서 도망치기로 마음먹습니다. 가출했다가 아빠에게 잡혀서 다시 집에 끌려가 더 혹독한 매질에 시달려도 다시 도망친다는 마음을 접지 않았습니다. 자신을 도와줄 수 있는 사람들을 찾고, 청소년 쉼터에 전화하고, 심지어 청와대에 편지를 써서 보내면서 절대 포기하지 않았습니다. 결국 수연이는

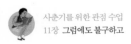

탈출에 성공해 아빠를 경찰에 고소하고, 진정한 자유를 얻게 됩니다.

> 경험한 일들을 쭉 정리하면서 내게 일어난 일을 견뎌낼 수 있게 해준 것이 무엇인지 차츰 알게 됐다. 상상하기도 힘들 정도로 재수 없고, 더럽고, 아프고, 힘든 일들이 많았지만, 나는 그 어느 순간에도 자포자기하거나 될 대로 되라는 식의 생각을 한 적이 없었다. 아주 더러운 경험을 했을 때, 죽을 만큼 힘들 때면 나는 '이게 끝이 아니다'라는 생각을 강하게 붙잡았다.
>
> ──《눈물도 빛을 만나면 반짝인다》

지구대에서 일할 때의 일입니다. 남편이 폭력을 휘두른다는 신고가 들어왔습니다. 40대 중반이었던 그 여성은 신혼 초부터 남편에게 맞았다고 합니다. 반찬이 마음에 들지 않는다고 뺨을 때리고, 술을 먹고 들어오는 날에는 욕과 고함을 지르는 폭력을 20년 이상 겪고 있었습니다. 그러나 그 여성은 출동한 경찰관에게 남편이 때리는 것만 막아 달라고 합니다.

병원 치료를 하지 않아도 되는 가벼운 폭행은 피해자가 처벌을 원치 않는 경우 처벌할 방법이 없습니다. 형사처벌을 위해 피해사실을 물어보면 "집에 보내 달라"면서 입을 다물어버립니다.

보다 못한 저희 직원 중 한 사람이 조용히 말했습니다. "형사처벌 안 해도 되니까 제발 이혼이라도 하세요. 언제까지 이렇게 맞고 사실 거예요?" 아직도 뺨에 손자국이 선명한 40대의 아주머니는 "팔자가 그런 걸 어떻게 하겠어요"라며 집으로 돌아갑니다. 그리고 한 달 후 다시 똑같은 내용으로 112신고가 들어옵니다.

오랜 시간 남편에게 맞아온 여성들은 그 폭력을 끝낼 수 있다는 생각을 하지 않습니다. 더러운 냄새를 맡을 때 처음에는 눈살을 찌푸리다가도 곧 그 냄새에 적응해 버리는 것처럼, 시련도 곧 적응해 버립니다. 그리고 자신의 고통에 대해 무감각해지고 곧 미래에 대한 어떠한 희망도 잃어버리게 됩니다. 원래 사는 게 이런 거라느니, 더 이상 내 삶에 아무런 희망도 없다며 체념해 버리고 맙니다. 아우슈비츠의 수용자가 살 수 있을 거란 기대를 접는 순간 철조망에 몸을 던져버리는 것처럼, 20년간 폭행을 당해온 가정폭력의 피해자가 고통을 벗어날 수 있다는 희망을 버리는 순간, 조용히 죽음만을 기다리게 됩니다.

지금, 당신이, 여기서 할 수 있는 만큼

희탁이는 아빠와 단 둘이 살고 있었습니다. 아버지는 일거리를

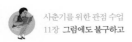

찾아 지방을 돌아다녀야 해서 어릴 때부터 혼자 지내는 시간이 많았습니다. 그런데 얼마 전 아버지가 일터에서 돌아가셨습니다. 혼자 살 능력이 안 되는 중학교 2학년 희탁이는 갈 곳이 없었습니다. 이혼한 엄마는 재혼하셨고, 혼자 살고 계시는 할머니는 몸이 아파 손자를 돌보지 못합니다. 결국 희탁이는 고모네 집에 맡겨졌습니다. 가정형편이 어려운 고모네 집에서 희탁이는 편안할 수 없었습니다. 희탁이는 계속해서 경찰서에 들어옵니다. 편의점에서 돈을 훔치거나, 친구들과 싸워서 들어오기도 합니다. 최근에는 본드를 시작한 것 같습니다.

희탁이는 '나더러 도대체 뭘 어떻게 하란 말이야'라고 비명을 지르고 있는 것처럼 보였습니다. 어린 시절부터 겪어왔던 불행이 어느 날 갑자기 더 크고 더 무섭게 다가오고 있었으니까요. 중학교 3학년 희탁이는 무엇을 어떻게 해야 할지 모르겠습니다. 그래서 돈을 훔치고, 친구들 싸우고 스스로를 망가뜨리고 있었습니다.

수연이가 희탁이를 만났다면 이렇게 말하지 않았을까요?

"지금 네가 여기서 할 수 있는 만큼 해. 너를 둘러싼 것들 무시하고 네 갈길 가는거야."

수연이는 아빠에게 끔찍한 폭행을 당할 때, 그리고 그것을 도저히 피할 수 없을 때, 자신만의 살아가는 방법을 만듭니다. 아빠가 무슨 짓을 하든 상관없이 자신의 일상을 살아내는 것이었습니다. 내가 아니면 아무도 내 인생을 대신 살아줄 게 아니라는 생각으로 버텼습니다. 아빠라는 사람이 수연이에게 저지른 일과는 상관없이 그때 누릴 수 있는 것들을 찾아 누리면서, 학교에 가고, 공부를 하고, 친구들과 수다를 떨고, 아픈 엄마를 대신해서 살림을 했습니다. 그리고 밤이면 아빠에게 더러운 짓을 당하면서도 다시 그 다음날 학교에 갔습니다. 수연이는 그렇게 자신만의 일상을 살아내고 있었습니다.

나는 그때 그 상황 속에서도 나를 포기하지 않는 것이, 내가 무너지지 않는 것이 최선이라는 것을 본능적으로 알았다. 나는 그때도 학교에서 웃을 일이 있을 때는 웃고, 좋은 것이 있을 때는 좋아했고, 공부해야 할 때는 열심히 공부했다. 일상을 유지하는 게 말처럼 쉬운 일은 아니었다. 그저 내가 아니면 아무도 내 인생 대신 살아줄 게 아니니 악을 쓰고 버텨냈다. 당신은 오늘 해야 할 일을 하고, 먹어야 할 밥을 먹고, 자야 할 잠을 자기 바란다. 그러다 보면 당신이 겪은 일의 강도를 능가하는 당신 내면의 힘이 자연스럽게 일깨워지기 시작할 것이다. 오늘, 지금 당신이 여기서 할 수 있는 만큼만 하면 된다.

　　　　　　　　　　　　　　　　　　　　《눈물도 빛을 만나면 반짝인다》

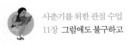

프랭클 박사는 삶의 이유를 발견하고 난 후 수용소에서 의사로서 살아가기 위해 노력합니다. 의사로서, 그리고 정신분석학박사로서 할 수 있는 일들을 시작합니다. 병에 걸린 다른 유대인들을 치료하고, 삶의 의지를 놓아버린 동료들을 위해 불빛도 없는 막사 안에서 그들에게 의사로서 조언을 하기도 합니다. 그리고 수용소를 나가면 완성할 책을 위해 작은 종이조각을 모아 수없이 많은 메모를 합니다. 발진티푸스에 걸려 고열에 시달리고 있을 때에도 말이죠. 죽음으로 가는 길일지도 모르는 열차 안에서 노을 지는 석양을 볼 수 있을 때 자연의 아름다움에 경탄했고, 사랑하는 아내를 생각하면서 일상을 살아냈습니다.

지금, 여기서, 할 수 있는 일을 찾는 것이 쉬운 일은 아닙니다. 왜 나에게 이런 고난이 닥쳤는지 억울하기만 하고, 내가 할 수 있는 일은 아무것도 없어 보입니다. 그러나 어쩔 수 없는 일입니다. 불행한 일이지만 받아들여야 합니다. 세상은 원인과 결과로만 이루어지지는 않으니까요.

프랭클 박사가 아우슈비츠에 끌려간 것도, 수연이가 친아빠에게 성폭행을 당한 것도, 희탁이가 갈 곳이 없어진 것도 모두 그 사람들의 잘못이 아닙니다. 그렇지만 그 사람들의 인생인 것만은 틀림없습니다. 억울해하면서 울고만 있을 수만은 없습니다. 운명을 탓하며 내 인생을 포기할 수 없습니다. 우리는 그 안에서 최선을 다해 선택해야만 합니다. 이미 내 인생을 가로 막고 있는 불행을 어떻게 해야 할지 선택해야 합니다.

자신의 길을 선택할 수 있는 자유

●

일용한 양식과 목숨 그 자체를 위한 피비린내 나는 투쟁을 벌여야 했던 수용소에서 보통의 사람들은 윤리적이고 도덕적인 문제에 관심을 기울일 여력이 없었습니다. 자신이 살아남기 위해서라면 아침에 같이 빵을 나누어 먹었던 동료 수감자의 번호를 주저 없이 수송자 명단에 집어넣어야 했습니다. 자신도 같은 유대인이면서 다른 수감자들의 관리역할을 맡았던 카포가 되어 자신과 똑같은 처지의 수감자들을 괴롭히고, 학살을 위해 분류하고, 나치의 횡포에 동조했던 사람들도 있었습니다. 그렇지만 수용소에도 막사를 지나가면서 다른 사람을 위로하고, 마지막 남은 빵을 나누어 주었던 사람들도 존재했습니다.

프랭클 박사는 아우슈비츠의 성자 막시밀리언 콜베(Maksymilian Kolbe) 신부를 예로 듭니다. 콜베 신부는 유대인이 아니었지만 유대인을 숨겨주었다는 이유로 나치의 비밀경찰에게 체포되어 아우슈비츠로 이송됩니다. 어느 날 수감자 중의 한 명이 없어

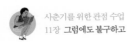

지자, 나치는 도망간 수감자 한 명을 대신하여 열 명의 유대인을 죽이겠다고 합니다. 콜베 신부는 스스로 자진하여 그 열 명 안에 들어갑니다. 나치는 이들을 굶어 죽을 때까지 가두어두는 아사(餓死)감방으로 보냅니다. 콜베 신부는 그 안에서 물 한모금도 마시지 못했지만 다른 동료들을 격려하고 위로했습니다. 2주가 지나고 나치가 문을 열었을 때 콜베 신부는 아직 살아 있었습니다. 그는 독약주사를 맞기 위해 앙상하게 마른 팔을 나치에게 내어줍니다.

> 나는 살아 있는 인간 실험실이자 시험장이었던 강제 수용소에서 어떤 사람들이 성자처럼 행동할 때, 또 다른 사람들은 돼지처럼 행동하는 것을 보았다. 사람은 내면에 두 개의 잠재력을 모두 가지고 있는데, 그 중 어떤 것을 취하느냐 하는 문제는 전적으로 그 사람의 의지에 달려 있다.
>
> ──《죽음의 수용소에서》

프랭클 박사는 인간이 주어진 환경에서 선택할 수 있는 자기 자신의 자유를 포기할 때 인간의 존재는 짐승과 같아진다고 경고합니다. 모든 것을 빼앗긴 아우슈비츠에서도 주어진 환경에서 자신의 태도를 결정하고 자기 자신의 길을 선택할 수 있는 자유는 여전히 존재하고 있었습니다. 극악했던 아우슈비츠에서 그 사람이 어떤 종류의 사람이 되는가 하는 것은 개인의 내적인 선택의 결과였습니다.

나렌드라 자다브는 인도의 불가촉천민입니다. 그들은 개와 당나귀 이외에는 재산을 가질 수 없었으며 교육을 받는 것도 엄격히 금지되어 있습니다. 사람들은 그들과 접촉하는 것만으로도 오염이 된다고 믿었습니다. 그래서 그들은 접촉할 수 없는 천민들, 불가촉천민이 된 것입니다. 그가 불가촉천민으로 태어난 것은 불행하지만 어쩔 수 없는 일이었습니다. 자신이 선택한 것이 아니었으니까요.

그렇지만 그의 가족들을 불가촉천민으로 태어난 운명에 굴복하지 않았습니다. 그는 스스로 존엄과 자존심을 지키는 삶을 선택합니다. 현재 나렌드라 자다브는 세계적인 경제학자로 칭송받으며 인도 푸네 대학의 총장으로 일하고 있습니다.

그렇다. 나는 마하르 카스트 출신이다. 내 아버지는 간신히 문맹을 면했고 변변찮은 막일로 가족을 먹여 살린 보잘것없는 노동자였다. 내 조상들은 불가촉천민이었다. 그들은 침이 땅을 더럽히지 않도록 오지 항아리를 목에 걸고 다녔고 발자국을 즉시 지울 수 있게 엉덩이에 비를 매달고 다녔다. 그

리고 그들은 마을의 하인이 되어 이글거리는 태양 밑을 입에 거품을 물고 숨이 끊어지도록 달려서 관리들의 행차를 알려야 했다. 그래서 뭐 어떻다는 말인가? 나는 내 힘으로 존엄성을 입증하지 않았던가?

—— 나렌드라 자다브, 《신도 버린 사람들》

그 모든 것에도 불구하고 삶에 대해 '예'라고 대답하기

●

프랭클 박사가 처음 생각했던 책 제목은 '그 모든 것에도 불구하고 삶에 대해 예라고 대답하는 것(Saying Yes to Life in spite of Everything)'이었습니다. 아우슈비츠의 시련, 나 자신이 곧 죽을 운명이며 내 옆의 동료가 계속해서 죽어나가는 시련 속에서도 삶의 의미가 있는 것일까? 프랭클 박사는 "있다"라고 대답합니다. 어떤 상황에서도 심지어는 가장 비참한 상황에서도 삶에 의미가 있다고 주장합니다. 이에 더해 프랭클 박사는 시련은 아우슈비츠에서의 고통과 시련을 통해 자신의 삶에 더 깊은 의미를 발견하게 되었다고 말합니다.

인간의 주된 관심은 쾌락을 얻거나 고통을 피하는 데에 있는 것이 아닙니다. 쾌락을 얻거나 고통을 피하는 것이 인간 삶의 목적이라면 먹고 살만한 사람은 그 누구도 자살을 해서도 안 되고 불행해서도 안 될 것입니다. 그러나 우리 주변에는 여전히 극단적인 선택을 하거나 우울증에 빠지거나, 자신의 삶에 대한 의지를 포기하는 사람들을 봅니다.

프랭클 박사는 인간은 삶에서 자신만의 의미를 찾는 존재라고 말합니다. 아무리 부유해도, 아무런 고통이 없어도, 어떤 시련을 겪지 않아도 삶의 의미가 있어야 살아나갈 수 있습니다. 바꾸어 말하면 인간은 시련 속에서도 그 의미를 찾아 낼 수 있는 존재라는 뜻이기도 합니다. 프랭클 박사는 도스토예프스키의 명언 '나는 나의 고통이 의미 없어질 때가 가장 두렵다'를 인용하며 강제수용소는 그가 진정으로 성숙할 수 있었던 시험대였다고 회고합니다.

그럼, 인간이 성숙해지기 위해서 아우슈비츠와 같은 극단의 시련을 경험해보아야 하는 것일까요? 아닙니다. 삶의 의미를 발견하기 위해서 꼭 시련이라는 절차를 거칠 필요는 없습니다. 다만 삶의 의미를 찾고자 하는 욕구는 시련 속에서도 발휘될 수 있고, 시련 속에서도 삶의 의미를 찾을 수 있다는 것입니다.

수연이가 다른 아빠와 같은 평범한 아빠를 만났다면, 극악한 매질 대신 다정한 격려를 하는 아빠였다면 수연이는 지금보다 더 행복했을 수 있습니다. 악몽 같은 기억이 떠오를 때마다 밤잠을 설치고, 식은땀을 흘리고, 구토가 나올 것 같은 고통을 느끼지

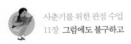

않았을 것입니다. 그렇지만 수연이는 그 시련을 통해 남들의 고통을 이해하는 법을 배웠습니다. 그리고 자신의 아픔을 넘어서는 다른 이들의 아픔들이 보이기 시작했습니다. 수연이는 간신히 살아남은 정도로 살아가고 싶지 않았습니다.

책을 발간하고 수연이는 2013년 여성가족부에서 수상하는 '올해의 여성운동상'을 수상했습니다. 수상 당일, 많은 사람이 수연이 본인이 나타날 것이라고 생각하지 않았습니다. 그렇지만 수연이는 자신이 직접 상을 수상하러 나왔고, 수많은 사람들이 그녀의 용기와 의지에 감동받고 기립박수로 그녀를 환영해 주었습니다.

시련을 맞이했다면 그 시련을 자신의 과제로 받아들여야 합니다. 어느 누구도 그 시련으로부터 자신을 구해줄 수 없고, 나 대신 그 고통을 짊어질 수도 없습니다. 그 시련을 짊어지고 나아가는 방식을 스스로 결정해야 합니다. 그리고 그 결정은 곧 삶의 의미를 확인하는 기회가 될 것입니다.

인간에게 실제로 필요한 것은 긴장이 없는 상태가 아니라 가치 있는 목표, 자유의지로 선택한 그 목표를 위해 노력하고 투쟁하는 것이다. 인간에게 필요한 것은 어떻게 해서든지 긴장에서 벗어나는 것이 아니라 앞으로 자신이 성취해야 할

삶의 잠재적인 의미를 밖으로 불러내는 것이다. 인간에게 필

요한 것은 항상성이 아니라 정신적인 역동성이다.

——《죽음의 수용소에서》

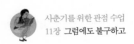

BOOK

《눈물도 빛을 만나면 반짝인다》
은수연 | 이매진 | 2012

성폭력 생존자의 빛나는 치유일기

목사인 아버지로부터 초등학교 때부터 친족 성폭력을 경험한다. 작가는 아버지로부터 도망친 후 한국성폭력상담소의 소식지에 4년간 매달 자신의 글을 연재하였다. 그 수기를 다듬고 용기를 내어 출간한 책으로 작가가 경험한 9년간 성폭행의 경험 그리고 4년간의 치유과정이 솔직하게 담겨 있다. 자신의 고통뿐 아니라 친족 성폭력에 관한 사회적 통념을 깨뜨리고, 피해자들의 권리에 대해 역설한다. 그녀는 지금 회사를 다니면서 친구들을 만나 수다도 떨고, 연애도 하면서 독신여성의 평범한 삶을 살고 있다.

BOOK

《죽음의 수용소에서 Man's Search for Meaning》

빅터 프랭클 Viktor E. Frankl, 1905~1997 | 청아출판사 | 2005

삶에 대한 의지로 빛나는
죽음의 수용소

오스트리아 빈 대학에서 의학박사와 철학박사 학위를 받았으나, 2차 세계대전 당시 유대인이라는 이유로 아우슈비츠로 이송된다. 부헨발트 강제수용소의 수감자들이 '그럼에도 삶에 대해 예라고 말하려네'라며 노래한 것을 듣고 이 책 초고의 제목으로 삼았다. 죽음의 공포 앞에서 인간의 의지와 존엄성을 발견한 아우슈비츠의 체험을 바탕으로 로고테라피라는 정신분석방법을 발견한다. 인간을 자유와 책임 있는 존재로 파악하고 스스로 의미를 찾도록 하는 심리치료방법이다.

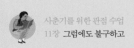

| 시련에 대하여 |

인간은 생각보다 훨씬 강한 존재입니다.

누구나 인생에서 크고 작은 고난을 비켜 갈 수는 없습니다. 지금 어떤 고난이나 시련을 겪고 있다면 나만 힘든 것이 아니란 걸 기억하세요. 그리고 그 시련이 나를 지배하도록 방관하지 마세요. 내 안에는 나를 지킬 수 있는 힘이 있습니다.

작은 고난에 인생이 송두리째 흔들리는 사람도 있고, 감당하기 어려운 불행 앞에서도 흔들리지 않는 사람들도 있습니다. 프랭클 박사에 따르면 이 차이는 인간이 가진 자유와 의지 때문입니다. 나는 생각보다 훨씬 강한 존재입니다. 다만 내가 나의 의지를 믿는 경우에만 그렇습니다. 그러니 스스로를 믿으세요.

12장

공부, 꼭 해야 돼?!

《**동물농장**》: 조지 오웰 & 《**백범일지**》: 김구

공부하는 인간

•

경찰이란 무슨 일을 하는지 학생들에게 직업 교육을 하러 학교에 간 적이 있습니다. 경찰이 하는 일은 무엇인지, 경찰이 되려면 어떻게 해야 하는지, 경찰 계급은 어떻게 이루어져 있는지, 그리고 학생들이 관심 있을만한 제복과 수갑과 같은 경찰 장구 등에 대한 이야기도 준비해 갔습니다. 두근거리는 마음으로 아

이들 앞에 섰습니다. 옆에 계신 선생님이 저를 소개해주십니다.

"경찰대학을 졸업하시고, 현재 동대문경찰서 여성청소년 과장으로 계시는 이은애 경정입니다."

학생들의 질문이 쏟아졌습니다. 그런데 경찰에 대해서가 아니었습니다. 경찰대학에 관해서였습니다. 더 정확히 말하자면 '경찰대학에 입학할 정도의 공부'에 관해서였습니다. "경찰대학에 가려면 몇 등 해야 하나요?", "공부는 어떻게 해야 잘하나요?" 학생들은 이것을 더 궁금했습니다.

"지금 제일 관심이 많은 게 공부예요?"

"네." 학생들이 일제히 대답합니다.

"지금 제일 힘든 건 뭐예요?"

"공부요!"

"그럼 공부를 좀 쉬엄쉬엄 하면 안 돼요?"

"공부 안하면 굶어 죽잖아요!" 학생들이 다시 일제히 대답합니다.

학생들이 공부와 관련해서 가지는 스트레스는 '공부가 힘들다, 하기 싫다, 쉬고 싶다' 정도가 아닙니다. '굶어 죽을 수 있다'는 공포감을 느낍니다. 해마다 수능이 다가올 때면 자살한 수험

생의 뉴스가 나옵니다. 대한민국에 살고 있는 청소년들의 열 명 중에 한 명은 자살 충동을 느끼는데, 가장 큰 고민이 성적과 진학 문제라고 합니다.

아리스토텔레스는 지식은 어떤 쓸모가 있어서 알려고 하는 것이 아니라, 사람이 가진 본능적인 앎에 대한 욕구에서 비롯된다고 했습니다. 공자는 또 '날마다 배우고 익히니 즐겁지 아니한가'라며 공부의 즐거움을 이야기 했죠. 그렇지만 지금 우리가 하고 있는 공부는 호기심이나 즐거움 때문이 아닙니다. 대학에 가지 못하면 당장이라도 사회에서 쫓겨날 것 같은 두려움 때문입니다. 누구나 하고 있고 누구나 해야 한다고 말하니 하는 것뿐입니다. 청소년들은 입시 때문에 청년들은 취업 때문에 공부합니다.

초등학교에 입학하자마자 시작되는 성적 순위는 시간이 지나면서 점점 단단해집니다. 그 단단한 서열구조 속에서 청소년들의 어깨도 무거워집니다. 그 줄에서 잠깐이라도 이탈한 순간, 다시는 돌아갈 수 없는 곳으로 멀어져 버립니다. 공부가 즐겁지 않은데도 아침 7시에 등교해서 하루 종일 학교에 앉아 공부를 해야만 합니다. 아무리 공부해도 성적이 오르지 않는 친구들, 형편이 좋지 않아 대학진학을 포기한 친구들, 공부가 힘겨운 친구들, 재미없다고 공부하는 건 일찌감치 접은 친구들, 우리 모두는 '공부'라는 이 무거운 운명을 어떻게 받아 들여야 하는 것일까요?

공부하는 돼지, 동물농장의 주인이 되다

●

조지 오웰(George Orwell)의 소설, 《동물농장》의 줄거리는 매우 간단합니다. 인간이 경영하던 농장에서 고생만 하던 동물들이 어느 날 인간을 쫓아내고 동물에 의해 경영되는 동물농장을 만듭니다. 처음에는 인간을 몰아내고 반란에 성공하여 자유와 일용할 양식을 얻게 되지만, 곧 동물들 사이의 또 다른 우두머리들이 생겨납니다. 이들은 다시 동물들을 착취하고 결국에는 인간이 경영하던 농장과 똑같이 되어 버린다는 이야기입니다.

어떤 사람은 이 소설이 권력의 본질을 파헤쳤다고 평가하기도 하고, 어떤 사람은 소비에트 정권의 독재성을 비난한 소설이라고 말하기도 합니다. 그런데 이 소설 속 동물들의 행동을 가만히 살펴보면 사회에서 지식이 어떠한 힘을 발휘하고 있는지 알 수 있습니다.

존즈 씨가 운영하는 메이너 농장의 동물들이 존즈가 잠든 틈을 타 현명하고 늙은 돼지 메이저의 연설을 듣기 위해 모여듭니다. 늙은 돼지는 동물들을 향해 엄숙하게 말합니다. "영국의 모든 동물들은 불행하며, 그 이유는 동물들을 착취하는 인간들 때문이다. 그러니 모든 동물이 평등하고 행복한 세상을 만들기 위해서는 인간을 몰아내야 한다"고 선동합니다.

존즈가 술에 취해 뻗어 버린 날, 동물들은 반란을 일으키고 존즈는 쫓겨납니다. 인간 존즈를 쫓아낸 동물들은 이제 자신들이 먹을 생산물을 직접 가꾸고, 스스로가 스스로를 통제하며, 각자의 능력에 맞게 일하고 서로 협동하여 사는 세상을 맞이하게 된 것입니다. "네 발은 좋고, 두 발은 나쁘다"는 말은 그들의 신념이 되었습니다.

돼지들은 계획이나 정책을 만들었습니다. 다음 해에 농작물 수확을 늘리기 위해서 어떤 농작물을 심어야 하는지, 농기구는 어떻게 사용해야 하는지, 그리고 농장을 운영하기 위해서 필요한 규칙과 법률은 무엇인지, 이 모든 것들을 정하는 건 가장 머리가 좋은 돼지들의 몫이었습니다. 동물농장 회의에서 결정되는 일들은 바로 동물들의 삶에 직접적으로 영향을 주는 것들입니다. 그런데 다른 동물들은 글을 읽지 못합니다. 돼지들의 생각이 맞는 것인지 의심해 보지도 않습니다. 그저 돼지들이 자신들보다는 영리하니 그들이 맞을 것이라고 믿을 뿐입니다. 지식을 독점한 돼지들에게 점점 권력이 집중되어 갑니다.

회의에서는 다음 주에 할 일들이 계획되고 결의안 제출과 토의가 진행됐다. 무슨 결의안을 제출하는 건 언제나 돼지들이었다. 다른 동물들은 투표하는 법까지는 알았지만 자기

네 스스로 무슨 결의안 같은 걸 생각해 내지는 못했다. 돼지들이 다른 동물들보다는 분명 월등하게 영리한 이상, 농장의 모든 정책적 문제들은 돼지들의 결정에 맡기기로 합의가 되었다.

—《동물농장》

돼지들은 조금씩 더 많이 먹고, 조금씩 덜 일하기 시작합니다. 농장을 경영하기 위해 너무나 중요한 일들을 하고 있기 때문에 어쩔 수 없다면서요. 어느 날 돼지의 우두머리가 풍차를 만들기로 결정하자, 부하들은 풍차를 만들어야만 하는 이유들을 만들어 냅니다. 덧붙여 화려하고 복잡한 수식으로 얽혀져 있는 계획서를 내놓습니다. 돼지들의 사주를 받은 순한 양들은 "돼지들이 옳다", "두 발은 나쁘고, 네 발은 좋다"라고 합창을 합니다.

왜 풍차를 만들어야 하는지 이해는 되지 않지만, 그 계획서가 그럴듯해 보이기는 합니다. 반대해야할 명분도 찾지 못합니다. 양들이 외치는 소리는 시끄럽기만 합니다. 결국 동물들은 풍차를 만들기 위해 뼈 빠지게 일을 하게 됩니다.

동물들 중에서 유일하게 글을 읽고 쓸 줄 알았던 돼지들은 인간 존즈를 내쫓고, 그가 남긴 책과 자료를 공부하면서 인간의 방식을 배워갑니다. 동물들은 똑똑한 돼지를 믿고 따르지요. 나보다 더 똑똑한 사람이니 당연히 옳은 결정을 할 것이라고 믿으면서요. 돼지는 동물농장의 주인이 되어 갑니다.

루터가 성경을 번역한 이유

●

중세시대 모든 성경은 라틴어로만 되어 있었습니다. 성직자가 아니면 읽을 수 없었지요. 점점 부패해가던 유럽의 카톨릭은 성경을 왜곡하기 시작합니다. 어차피 다른 사람들은 성경을 읽지 못하니까 자기들끼리만 똘똘 뭉치면 사람들을 속이는 건 쉬운 일이었습니다. 죄를 지은 사람이라도 돈을 내면 그 죄를 용서받을 수 있다는 면죄부를 팔기 시작합니다.

독일의 신부였던 마틴 루터(Martin Luther)는 이에 반발합니다. 그리고 가장 먼저 한 일은 바로 성경을 독일어로 번역하는 것이었습니다. 그는 모든 사람들이 성경을 읽고 스스로 판단해야 한다고 생각으니까요. 조선시대, 한문으로 된 유교서적을 읽었던 양반들은 한글창제에 반대했습니다. 사대부가 아니면 공부를 해서는 안 된다고 생각했기 때문입니다. 권력을 독점한 이들에게 지식을 대중들과 나눈다는 것은 그만큼 위험한 일이었습니다.

읽고 쓰는 능력은 단순히 문맹의 차원을 벗어나는 것을 뜻하는 것이 아닙니다. 신문을 읽기는 하는데 무슨 이야기인지 이해

되지 않거나, 국회의원들이 무슨 법률안을 통과시켰다는데 그 법률을 읽어봐도 내 생활이 어떻게 달라지는지 모르겠다면 그것은 글을 읽는 것이 아닙니다.

글을 읽는 능력은 돼지들이 어떤 결의안을 회의에 제기했을 때 그 결의안이 무슨 뜻을 가지고 있는지, 그리고 그 결의안이 나의 생활에 어떤 영향을 미칠 수 있는지 파악해 낼 수 있는 능력입니다. 나보다 똑똑하다는 이유로, 나보다 좋은 대학을 나왔다는 이유로, 나보다 나이가 많다는 이유로 그들의 말을 그대로 맹신하지 않는 것입니다. 나의 철학과 나의 경험을 바탕으로 그들의 말을 해석하고 받아들이는 것입니다.

지금 우리들이 살고 있는 사회에서 대부분의 규칙들은 소수의 사람들이 만들어 냅니다. 국회의원들이 법률을 만들고, 정부의 높은 사람들끼리 모여서 그에 따른 규칙들을 만들어 냅니다. 그것에 따라 사회가 돌아갑니다. 만약 이들이 특정한 이들에게만 유리한 법안을 제안합니다. 우리가 그 의도를 모른다면 그냥 따르겠죠. 그러나 우리가 그 법안이 우리에게는 불리하다는 것을 안다면 그 제안을 거부할 수 있습니다.

지금 우리가 공부를 한다는 건 이런 의미입니다. 국어를 배우지 않는다면 법률안의 뜻을 알 수 없습니다. 수학과 과학을 배우지 않는다면 그들이 근거로 내어놓는 도표와 통계들을 해석할 수 없을 것입니다. 사회와 경제를 배우지 않는다면 우리는 그 법률안이 어떻게 우리 삶에 영향을 끼치는지 해석할 수가 없습니다. 특히 우리만의 철학을 갖지 못한다면 그 법률을 어떻게 받아들여야 하는지 조차 모르게 됩니다.

예를 들어 국회의원들이 내년부터 주말에도 학생들이 학교에 가야한다는 법률안을 제출합니다. 정부는 국가경쟁력 향상을 위해 학생들이 공부를 더 해야 한다며 세부적인 운영 방법을 발표합니다. 그리고 언론에서는 그럴 듯한 도표와 통계들을 붙여 주말 등교에 찬성하는 기사를 계속 내보냅니다. 우리가 그 법률안의 내용을, 그 법률안 뒤에 붙어 있는 도표와 통계들을 읽어내지 못한다면, 그들의 주장에 반박할 수 있는 논리들을 만들어 내지 못한다면 어떻게 될까요? 그렇습니다. 우리는 내년부터 주말에도 학교에 가야 합니다.

프랑스의 사상가 미셸 푸코(Michel Foucault)는 지식과 권력의 관계에 주목합니다. 그는 '지식은 권력에 의해 좌우되고, 권력의 힘으로 굴절되며, 권력은 지식을 생산한다'고 말합니다. 절대불변의 진리란 존재할 수 없으며 이는 언제나 그 사회의 권력 있는 자에 의해 왜곡될 수 있다는 것입니다.

누군가에게 독점되어 있는 지식은 중세시대의 면죄부처럼 쉽게 변질되고 부풀려질 수 있습니다. 조선의 사대부들이 그토록

한글 사용을 반대했던 이유도, 주인들이 노예들에게는 교육을 금지했던 것도, 중세시대 여성들에게는 책 읽기를 금지시켰던 이유도, 그들에게 지식을 나누어주고 싶지 않았기 때문입니다.

민족지도자, 김구의 교육론

●

독립 운동가이며 민족의 지도자로 불리는 백범 김구 선생은 교육의 중요성에 대해 평생 동안 강조했습니다. 김구 선생 스스로는 초등학교도 나오지 못한 학력이었지만, 어렸을 때 글을 깨우친 이후로 틈만 나면 공부를 했습니다.

명성황후 시해 사건이 있은 후, 수상한 일본인을 발견한 김구 선생은 그 일본인을 죽인 후 '국모의 원수를 갚기 위해 이 왜놈을 죽였노라'라는 글귀와 자신의 이름을 남기고 고향으로 돌아갔습니다. 얼마 후 체포된 김구 선생은 사형 판결을 받고 옥중생활을 하게 됩니다.

김구 선생의 자서전인 《백범일지》에서 그때의 생활을 이렇게 회고합니다. '아침에 도를 깨우치면 저녁에 죽어도 좋다 하는 격으로, 내 죽을 날이 당할 때까지 글이나 실컷 보리라 하고 손에서 책을 놓을 사이 없이' 열심히 공부를 했다고요. 당시 신문에 김구 선생이 들어간 인천 감옥은 감옥이 아니라 학교가 되었다는 기사가 나올 정도였습니다.

굴욕적인 을사늑약이 감행되고 김구 선생은 그 무엇보다 민중의 교육이 중요하다는 사실을 깨닫습니다. 일제의 침략을 조선을 발전시켜주기 위한 호의로 받아들이는 백성, 일제에게 열심히 협조하여 일제의 신민이 되겠다는 백성, 국가의 존망과는 상관없이 자신들의 이익만을 차리는 백성들이 있는 한, 평생 단 한 가지 소원인 완전한 독립국가에서 살아보는 일은 불가능해 보였습니다.

김구 선생은 "양반도 깨어라! 상놈도 깨어라!"고 외칩니다. 일제 침략의 본질을 정확히 자각하고 독립을 준비하기 위해서는 무엇보다 조선의 모든 백성들이 배움을 통해 애국심을 길러야 한다고 생각했습니다. 김구 선생이 상해로 망명하기 전 조선 땅 곳곳에서 교육 사업에 매진한 것이 바로 이러한 이유였습니다.

온 나라의 백성들은 거의 다 낫 놓고 기역자도 모르는 일자무식이라 물이 아래로 흐르는 것과 같이 이익을 좇으니, 자기의 권리와 의무는 모르고 마땅히 탐관오리와 토호의 업신여김과 학대를 받아야 하는 것으로 알고 있습니다. 이제부터라도 우리는 세계 문명 각국의 교육제도를 본받아서 학교를

세우고 이 나라 백성의 자녀들을 교육하여 그들을 건전한 2세로 양성해야 합니다. 또한 애국지사들을 규합하여 이 나라 국민으로 하여금 나라 잃는 고통이 어떤 것인지, 나라가 발전하는 복락이 어떤 것인지를 알도록 해야 합니다. 이것이 우리나라를 망하는 것으로부터 구할 수 있는 길입니다.

——《백범일지》

태규는 학교 근처 주택가에서 숨어서 담배를 피다가 주민의 신고로 경찰서에 오게 되었습니다. 태규네 가족들은 초등학교 6학년에 서울로 전학을 왔습니다. 낯선 환경과 친구들 속에서 학교생활에 적응하기 힘들었습니다. 친구들과 밤거리를 헤매고, 가끔씩 무단결석도 하면서 학교와 점점 멀어지며 소위 말하는 '방황'을 시작한 것입니다.

고등학교 2학년인 태규는 공부를 포기했습니다. 그래도 졸업장은 있어야겠다는 생각으로 학교는 다니고 있지만 수업은 거의 알아들을 수가 없습니다. 밤에는 오토바이 배달 아르바이트를 하고, 낮에는 학교에 가서 부족한 잠을 보충합니다.

태규는 졸업 후에도 당분간은 오토바이 배달을 계속 할 것이라고 말합니다. 태규는 시간당 4천원을 받고 일합니다. 저녁 여섯 시부터 새벽 한 시까지 일하는데도 4천원 시급은 변함이 없습니다. 2013년 현재 우리나라의 최저임금, 누가 어떤 일을 하든 최소한으로 받아야 하는 임금은 시간당 4,860원입니다. 태규가 받는 시급은 최저임금에도 미치지 못합니다. 그러나 태규는 우리나라에 최저임금이라는 것이 있는지 모릅니다. 야간에 일을 하는 경우에는 돈을 더 받아야 하는지도 모릅니다.

내년에는 최저임금이 5,210원으로 오를 예정이라고 합니다. 시간당 최저임금은 그냥 정해지지 않습니다. 전국의 수많은 일하는 사람들의 생각과 판단이 모여서 정해진 것입니다. 우리가 최저임금의 개념을 모른다면 어떻게 될까요? 만약 태규가 최저임금이 무엇인지, 야간수당이 무엇인지 안다면 어떻게 될까요? 공부는 1등을 하려고 하는 것이 아니라 바로 자신의 삶과 권리를 지키기 위해 하는 것입니다.

어떤 공부를 해야 하는가?

●

대한민국의 학생들은 정말 공부를 잘 합니다. OECD에서 세계 각국을 대상으로 실시되는 국제학업성취도 평가에서 매년 상위권, 거의 모든 과목에서 1, 2등을 다투고 있습니다. 그런데 수학 성적은 세계 1위인데, 수학을 좋아하는 학생은 없습니다.

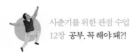

과학 성적은 세계 1위인데 과학에 자신감을 가진 학생 수는 세계 최하위입니다. 자신의 삶을 위해서 하는 공부가 아니라 남을 이기기 위해서 하는 공부이니 재미있을 리가 없습니다.

김구 선생은 우리가 하는 공부가 남들을 괴롭히거나, 부자가 되기 위해서 하는 공부여서는 안 된다고 말합니다. 김구 선생은 평생 국민교육의 중요성을 말했지만 그 교육은 강대국이 되기 위한 교육이 아니라 이웃의 아픔을 이해하고, 이웃을 배려하고, 그리고 내가 같이 잘사는 그런 '아름다운 나라'가 되기 위한 교육이었습니다.

> 내가 원하는 우리 민족의 사업은 결코 세계를 무력으로 정복하거나 경제력으로 지배하려는 것이 아니다. 오직 사랑의 문화, 평화의 문화로 우리 스스로 잘 살고 인류 전체가 의좋게 즐겁게 살도록 하는 일을 하자는 것이다. 나는 우리나라가 세계에서 가장 아름다운 나라가 되기를 원한다. 가장 부강한 나라가 되기를 원하는 것이 아니다. 내가 남의 침략에 가슴이 아팠으니, 내 나라가 남을 침략하는 것을 원치 아니한다. 우리의 부력은 우리의 생활을 풍족히 할 만하고, 우리의 강력은 남의 침략을 막을 만하면 족하다.
>
> ──《백범일지》

시험시간에 옆 친구와 서로 협력하여 문제를 풀고, 학생들에게 등수를 매기지 않는 나라가 있습니다. 바로 국제학업성취도 평가에서 한국과 함께 1, 2위를 다투는 핀란드입니다. 핀란드에서는 학교란 좋은 시민이 되기 위한 교양을 쌓는 곳이라 생각합니다.

다른 학생의 질문을 할 권리를 빼앗는다는 이유로 선행학습을 엄격히 법으로 금지시키고 대신 자전거 면허증과 수영인명구조 자격증을 반드시 따야 하는 나라도 있습니다. 국제학업성취도 평가에서는 중하위권에 머무는 나라이지만, 국가경쟁력은 세계 5위를 자랑하는 독일입니다. 독일에서 교육의 목표는 인간으로서 행복한 삶을 사는 것입니다.

영국의 작가 알랭드 보통(Alain de Botton)은 교육의 목적은 유능한 변호사나 의사를 배출하는 것이 아니라, 교양 있는 인간을 만드는 것이며, 더 나아가서는 '이 세상을 우리가 처음 보았을 때보다 더 훌륭하고 더 행복한 곳으로 만들려는 고귀한 포부'를 만들어 내는 것이라고 말했습니다.

우리는 내 삶을 내가 결정하기 위해 공부합니다. 동물농장에서 1등을 했던 돼지들처럼 타락한 독재자가 되기 위해 공부를 하는 것은 아닙니다. 독일의 시인 괴테는 '남들에게서 들은 말을 전하는 것은 누구나 할 수 있지만, 남들에게서 들은 말을 판단하

는 것은 교양 있는 자만이 할 수 있다'고 말했습니다.

우리는 교양 있는 사람이 되기 위해서 공부합니다. 나 스스로 판단할 수 있기 위해서입니다. 내 삶을 규정짓는 수많은 사회의 법칙을 이해하고 판단해야 합니다. 남들이 세워놓은 토대에서 남들이 만들어놓은 규칙에 따라, 그들의 뜻에 따라 살아가는 것은 우리가 그토록 바라는 '나의 인생'은 아니기 때문입니다.

핀란드나 독일에서 태어났으면 얼마나 좋을까 싶죠? 외국 아이들은 공부 안하고 놀아도 잘 산다는데 왜 나는 대한민국에서 태어나 공부 때문에 이렇게 힘든 건지 억울하기만 한가요? 앞으로의 대한민국은 우리가 만들어 갑니다. 우리가 원하는 대로 바꿀 수 있습니다. 내가 하는 판단에 따라서 앞으로 내가 살아가는 사회가 바뀌어 갈 것입니다. 우리가 생각하고 판단하는 대로 대한민국은 달라집니다. 아름다운 나라, 더 행복한 우리의 미래를 위한 공부를 시작해 보는 것은 어떨까요?

BOOK

《동물농장Animal Farm》

조지 오웰George Orwell, 1903~1950 │ 민음사 │ 2009

독재의 본질에 대한 치밀한 풍자

본명은 에릭 아서 블레어(Eric Arthur Blair)지만 필명인 조지 오웰로 더 많이 알려져 있다. 식민지 관리인 그의 아버지가 근무했던 인도에서 태어났다. 그 역시 미얀마에서 영국 제국의 경찰간부로 일했지만 식민지 정책에 염증을 느껴 곧 사표를 낸다. 영국으로 돌아온 그는 자진하여 노숙자 생활을 했으며 이를 바탕으로 사회 최하위계층의 현실을 폭로하는 소설을 쓰기도 한다. 《동물농장》이 발표된 이후, 러시아 혁명과 스탈린 독재정권을 비판했다는 이유로 좌파진영의 비난을, 우파진영의 환영을 받기도 했지만, 조지 오웰은 독재의 일반적 속성에 관한 이야기라고 밝혔다.

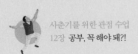

《백범일지》

김구1876~1949 | 돌베개 | 2005

두 아들과 우리 민족에게 보낸 유서이자 자서전

교육자이며 독립운동가, 정치인이자 통일운동가이다. 일제시대 때 독립운동에 투신하여 상해로 망명, 대한민국 임시정부에 참여하여 경무국장, 내무총장, 국무위원회 주석을 지냈다. 광복 이후 한국으로 돌아와 임시정부 법통운동과 신탁통치 반대운동을 하다가 육군 장교 안두희에 의해 암살당한다. 백범(白凡)이라는 연호는 가장 평범하고 낮은 사람이라는 뜻으로, 모든 백성이 자기와 같은 애국심을 갖기를 바라는 마음에서 지었다.

| 공부에 대하여 |

공부는 더 나은 삶을 가능하게 해줍니다.

무인도에서 나 혼자 먹고 살 거라면 공부는 필요 없을지 모릅니다. 정말 먹고 살기만 해도 괜찮다면 공부하지 않아도 좋습니다. 하지만 우리는 사회라는 곳에서 타인들과 함께 살고 있으며, 더 나은 삶을 꿈꿉니다.

어떤 사회에서 살고 싶은가요? 어떤 삶을 꿈꾸고 있나요? 원하는 대로 우리가 만들어 갈 수 있습니다. 지금 내가 살고 있는 이 모습이 최선은 아닙니다. 내가 공부하는 만큼, 내가 생각하는 만큼, 나의 판단과 실천만큼 내가 살고 있는 이곳은 더 나아질 수 있습니다. 1등을 위한 공부가 아니라 더 나은 삶을 위한 공부, 나만의 철학과 관점을 갖기 위한 공부를 시작하세요.

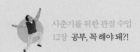

사춘기를 위한 관점 수업

초판 1쇄 발행 2023년 1월 20일
초판 2쇄 발행 2024년 5월 3일

지은이 | 이은애

발행인 | 박재호
주간 | 김선경
편집팀 | 강혜진, 허지희
마케팅팀 | 김용범
총무팀 | 김명숙

디자인 | 석운디자인
일러스트 | 백두리
교정교열 | 권은경
종이 | 세종페이퍼
인쇄·제본 | 한영문화사

발행처 | 생각학교
출판신고 | 제25100-2011-000321호
주소 | 서울시 마포구 양화로 156(동교동) LG 팰리스 814호
전화 | 02-334-7932 팩스 | 02-334-7933
전자우편 | 3347932@gmail.com

ISBN 979-11-91360-61-5 (43800)